ハヤカワSFシリーズ Jコレクション

上田 誠

曲がれ! スプーン

早川書房

曲がれ！　スプーン

Winter Spoon Twist
by
Makoto Ueda
2009

Cover Direction & Design　岩郷重力＋K.K
Illustration　丹地陽子

目次

Contents

曲がれ！　スプーン

Winter Spoon Twist

男……若い男性客／兄
女……若い女性客／妹
早乙女《さおとめ》……喫茶店「カフェ・ド・念力」のマスター
神田《かんだ》……細男

登場人物

桜井《さくらい》……テレビ番組「あすなろサイキック」の女性AD

河岡《かわおか》……常連客／サイコキネシス

小山《こやま》……最近きた客／テレポート

筧《かけい》……常連客／透視能力

椎名《しいな》……筧の後輩／テレパシー

井手《いで》……常連客／エレキネシス

【舞台】


古風な喫茶店「カフェ・ド・念力」。

街外れのガード下にある、こじんまりとした店で、ひそかにエスパーが集まる場所になっている。

上手手前に、入り口の扉。ガラス張り。

扉の外側に「CLOSED」の札がかけられている（店内からは「OPEN」側が見える）。

下手奥に、店の奥へと続くドア。

舞台奥に、観音開きの扉がついた窓。

フロアは2フロアにわかれていて、奥の窓際の席が高くなっている。

入り口の脇に、カウンター。内部には、食器棚・サイフォンなど。

店の、高いところに、テレビが据えられている。

その他、店内には雑誌棚、観葉植物など。

入り口付近には、クリスマスツリーが飾られている。

■プロローグ

電車の音。

照明、点く。

十二月のある日の午後、喫茶店「カフェ・ド・念力」

カウンターの中には、早乙女。

奥の席では、物静かな男（河岡）が、コーヒーを飲んでいる。

手前のテーブルには、若い男女が座っている。

兄妹のようである。

女のほうは、スプーンに向かって、念じている。

男　（見守って）……いい、全然いい。……全然、時間使っていい。……OKOK……全然、時間使っていい。

女　うるさいよ。

男　ああ……。集中して。……全然、時間使っていい。
女　使ってるし。
　　女、念じるも、やがて、コトリと、スプーンを置く。
男　お前、あきらめんなよ。
女　だって、無理だもん。
男　お前、それはあれよ。自分で、自分の、可能性を、狭めてることになるよ？
女　知らないけど、だって、覚えてないもん。
男　いやいや、もう俺は、覚えてるから。
女　ええ？
男　確かにお前は、あの日、スプーンを曲げた。俺は、見てた。こうね、超能力番組をみてて、それでもう、なんの邪念もなく、すっと、曲げたんだから。「うわ、妹、エスパーだったー」って、すんごい、ショックだったもん。
女　っていうかそれ、記憶が曲がってんじゃないの？スプーンじゃなくて。こう、なんか、マンガとかいろいろ混じってんじゃないの？
男　……あのねえ、それは、一番マズい考えかたよ？
女　ええ？
男　そうやって、できないできないっていう固定観念が、いっちばん、能力の発達を、くいとめるんだから。
女　いや、発達とか、したくないし。
男　発達しろよー、お前。スプーンと、感応しあえよ。
女　っていうか、お兄ちゃん一人で出てよ。
男　いやいや、兄妹のほうが引きがあるから。
女　えー？
男　いや、マジでねえ、時代は、すぐそこまで、来てるよ？　そんなね、頭で考える前に、とりあえずスプーン持ってみないと始まんないってのは、あるから。そういうまず、固定観念を捨て去って、自分の可能性を信じることによって、スプーンが曲がって、その曲がったスプーンがこう、鍵みたいになって。そこからサイキックワールドへの扉が……

などと、男が饒舌に喋り続けるなか、河岡、窓際の席から、すっと、男女にむけて、手をかざす。
男女の座っているテーブルが、クニャッと曲がり、コーヒーがこぼれる。

男　あっちい！
女　（驚いて）ええ!?
男　……（テーブルを見て）お前、すげえなあ。

音楽。
暗転。

スライド「曲がれ！　スプーン」
その他、作・演出、キャストの名前が、スライドで照射される。
やがて、音楽から乗り変わるように、テレビの音声が聞こえてくる。
どうやらそれは、超能力番組のようだ。

アシスタント「えー、この番組は、科学では解明できない、サイキックワールドへの扉を開くべく、超常現象を、このスタジオで、生放送で、紐解いていこうという……」

■本篇

テレビを消す音ともに、照明、点く。
店内には、筧・井手・椎名。
めいめい、好きな場所に座っている。
テレビを消したのは筧。
つまらなそうにリモコンをカウンターに置く。

井手　観ないんですか？
筧　観るんですか？
井手　いやまあ、いいですけど。
筧　さすがに今日はいいでしょう。

井手　そうですね。
筧　っていうか本当、腹立つんですよね。
井手　あー、まあ確かに、あんまりにも、あんまりですからねえ。
筧　（椎名に）観たことある？
椎名　いや、僕まだないんですよ。
井手　びっくりしますよ？
椎名　なんか、オカルト系の番組なんですよねえ。
井手　毎週、いろんな超能力者が出てきて。
椎名　超能力者。
井手　それをこう、スタジオで議論する、みたいなことなんですけど。
筧　肯定派が、不利すぎるっていう。
椎名　あー。
井手　出てくるエスパーが、ふがいなさすぎるんですよ。
筧　（リモコンを指して）観る？
椎名　ああ、いや、いいですけど。
井手　（筧に）この前あれでしたよ。中国の透視少女。
筧　あら、（自分を指して）ライバル。
井手　こう、封筒の中を透視するっていう。
椎名　透視したんですか？
井手　まずスタッフが、紙にドラえもんの絵を書いて、それをこう、封筒の中に入れたんですよ。
椎名　ええ。
井手　でまあ、それを少女が透視するんですけど、もう六時間ぐらい、その封筒をにらみ続けて。
椎名　六時間。
筧　（笑って）かなりの長期戦ですよ？
井手　で、結局その少女の書いた答えが、漢字の「風」だったんですよ。
椎名　違いますねえ。
井手　だけど、その少女の母親が、（指で示して）「風」のこの下の部分と、ドラえもんのこう、口をつむいでる感じが、一緒だって、言い張るんですよ。
椎名　ああ……。
筧　いや、違いますよねえ。
井手　ええ。
筧　ドラえもんは、風ではないですからねえ。

井手　もう、キャラクターと、漢字じゃないですか。なのに、そこからさらに「風が、丸みを帯びると、ドラえもんになる」とか言い張ったりして。
椎名　ああ、なお、食い下がると。
井手　でもう、集中砲火ですよ。
椎名　ああ……。
筧　僕が見たのはさらにすごかったですよ。
井手　なんですか？
筧　なんか、中国の気功術の男なんですけど。
椎名　中国が多いですねえ。
井手　だいたい中国なんですよ。
筧　でこう、気功で人を倒すといってるわけですよ。
井手　ええ。
筧　で、こうまあ、ギャラリーのなかからひとり、おじちゃんを選んで、気功を使うんですけど、なかなか、倒れないんですよ。
井手　おじちゃんが。
筧　ビクともしないんですよ。で、それをしばらくやったあとに、おじちゃんの腰をこう、触ってみると、「リウマチが治った」と、こういうわけですよ。
井手　話、変わってるじゃないですか。
筧　でもう、そっから、大激論ですよ。
椎名　ああ、そこでスタジオなんですか。
筧　もう、「あれはサクラだ」とか、「いや、リウマチは治った」とか。
井手　いやいや、え、気功で人を倒すんですよねえ？
筧　ええ。
井手　ヒーリング系の、アレじゃ、なかったですよねえ。
筧　効果、変わってるんですよ。
椎名　そこについては、議論はされないんですか？
筧　いやいやもう、リウマチの真偽について、ずーっと。
椎名　あー……。
井手　だからもう、パネラー陣も、見失ってるんですよ。
筧　ええ。あれしかも、今度正月に特番やるらしいですよ。
井手　ああ……そうなんですか。
筧　この前それの告知で、「あなたの周りのびっくり人間を教えてください」っていう、謎のテロップが。

井手　びっくり人間？
椎名　すでに超能力ですらないですねえ。
筧　だいぶ迷走しはじめてる、っていう。
井手　……っていうか、むちゃくちゃ観てるじゃないですか。
筧　え？
椎名　わりと、熱心に。
筧　腹立つんですよ。
椎名　ああ……。

早乙女、入り口の扉から、入ってくる。コンビニの袋を持っている。

井手　ああ、お帰りなさい。
早乙女　（筧を見て）おお。
筧　どうも。
早乙女　早かったねえ。
筧　まあ、さすがに今日は。（椎名を指して）こいつ。
早乙女　（椎名を見て）ああ！
筧　言ってた、後輩の。
椎名　（立って、挨拶）どうも、椎名です。
早乙女　（嬉しそうに）いや、わざわざどうも。
椎名　ああ。
筧　（早乙女を、椎名に紹介して）マスター。
早乙女　マスターです。
椎名　ああ……よろしくお願いします。
早乙女　いやもう、こちらこそ。（袋を指して）今、コーヒー入れるから。
椎名　ああ。

早乙女、カウンターのなかへ。

筧　（袋を見て）豆買いに行ってたんですか。
早乙女　ああ、うん。ちょっと切らしちゃってねえ。
筧　ああ……。
早乙女　（椎名に）だからコンビニので悪いんだけど。
椎名　ああ、いえ。
井手　喫茶店で豆切らすって、珍しいですよねえ。

筧　わりと、生命線ですからねえ。
早乙女　（作業をしつつ）椎名さんも、他の人のを見るのは初めて？
椎名　ええ。ああ、筧さんの以外は。
早乙女　ああ、そっか。
椎名　今日って、僕以外、ここの常連さんなんですよねえ。
早乙女　ああ、うん。
井手　みんな、ここの名前に引き寄せられるようにして、通い始めたんですよ。
筧　「カフェ・ド・念力」。
井手　ええ。
椎名　（早乙女に）やっぱりその、見てわかるもんなんですか？
早乙女　エスパー？
椎名　ええ。
早乙女　そりゃもう、一発でわかるよ。
椎名　どう違うんですか？
早乙女　だって、店の名前の由来を、それとなく聞いてくるからねえ。
椎名　あー。
筧　っていうかそりゃ、エスパーなら聞くでしょう。
井手　むちゃくちゃ気になりますもんねえ。
筧　「カフェ・ド・念力」はねえ。
井手　ええ。
椎名　だけど、マスター自身は、エスパーじゃないんですよねえ。
早乙女　うん、まあそうなんだけど、昔ちょっとこう、助けてもらったことがあってねえ。
椎名　エスパーにですか？
早乙女　うん、ただ、その人の、顔とか名前とかは、わかんないんだけど。
椎名　ああ……。
井手　それで店をそういう名前にしたんですよねえ。
早乙女　そうそう。いつかその人が、店に来るようにと思って。
椎名　あー、そうなんですか。
筧　いやだけど、この名前、エスパーは集まりますけど、多分、ふつうの客を逃してますよ。
早乙女　え？
井手　ちょっとハードル高いですよねえ。
筧　「念力」ですからねえ。
井手　ええ。
早乙女　いや、だけどみんな通るとき、なか覗いていくよ。
筧　いやだから、入ってきてないじゃないですか。
椎名　覗いて通っていくんですか？
早乙女　ああ、うん。
井手　怖いもの見たさ、みたいになってるじゃないですか。
早乙女　いやいや、前はね、もうちょっとわかりにくくしてたんだけど。
井手　ああ……。
早乙女　でも、誰も、気付いてくれないから。
椎名　前って、どういう名前だったんですか？
早乙女　名前っていうか、メニューの「エスプレッソ」を、「エスパレッソ」にしてたんだけど。
筧　そこですか？
早乙女　うん。
井手　そこは、気付かないでしょう。
早乙女　みんな、ミスプリだと思っちゃうんだよねえ。
筧　そりゃそうでしょう。
早乙女　まあまあ、そんなこともあって、「カフェ・ド・念力」に、落ち着いた、と。
椎名　ああ……。
井手　着地点、変ですけどねえ。
河岡、入り口の扉から入ってくる。
井手　（河岡を見て）ああ、どうも。
早乙女　あー。
河岡　（皆に）メリークリスマス。
皆　……（言いにくそうに）メリークリスマス。
井手　いや、あんまり言わないでしょう。
筧　初めて言いましたよ。
河岡　いやー。

早乙女　ご機嫌だねえ。
椎名　（立って、挨拶）ああ、どうも。
　河岡、椎名を見て、フリーズする。
筧　……どうしたんですか？
　河岡、無視して、カウンターに座る。
井手　河岡さん？
筧　河岡さん？
早乙女　どうしたの？
河岡　（無視して）コーヒー、をください。
早乙女　ええ？
井手　なんのよそよそしさですか？
椎名　（気付いて）あの、僕も、みなさんの、お仲間と、いいますか……。
筧　（気付いて）こいつほら、僕の後輩の。
早乙女　椎名さん。

椎名　ええ。
河岡　（合点して）ああー！
椎名　どうも、はじめまして。
河岡　ちょっとちょっとー！（椎名をたたく）
椎名　いや……。
井手　誰だと思ったんですか？
河岡　いやもう、一般人が紛れ込んだのかと思ったんですよ。
井手　ああ。
河岡　だからもう、とっさに、一般客を装って。
井手　装えてなかったですよ。
筧　あんな怪しい人、いないですからねえ。
　河岡、椎名に、ガッチリと握手。
椎名　ああ……。
河岡　どうも。常連の河岡です。
椎名　椎名です、よろしくお願いします。
河岡　いやー。（安心して、座る）

早乙女　えらい変わりようだねえ。
河岡　……（椎名を指して）ってことは、アレですか。人の心が読める、っていう、例の。
椎名　ええ、まあ。
河岡　テレパシー。
椎名　ええ。
河岡　（たまらん、という感じで）かぁー！
井手　いやまあ、その辺の話は、あとでちゃんと、ゆっくり。
筧　それが今日のメインじゃないですか。
早乙女　気がせいてるねえ。
椎名　（河岡に）皆さん、結構前からお知り合いなんですか？
河岡　まあ、そうですねえ。
筧　だけど、普段はここで会っても、他人のふりですもんねえ。
河岡　こうお互いを意識しつつも。
筧　ええ。
井手　なんかやっと、落ち着いて喋ったって感じですよねえ。
筧　若干、なれない関係性ですけどねえ。
河岡　（椎名に）だから、普段あなたと町で会っても、無視しますからね。
椎名　ああ、僕を。
河岡　つばを、ペッと吐きかけますからねえ。
椎名　そこまでするんですか？
井手　逆に怪しいでしょう。
筧　いやだけど、まさか、本当に実現するとは思わなかったですよねえ。
皆　ええ。
河岡　夢の企画がついに。
井手　（早乙女に）ホントに大丈夫だったんですか？　イブに店閉めたりとか。
早乙女　いやいや、どうせね、イブにお客さんなんて、こないから。
井手　ああ……。
筧　それはそれで、大丈夫なんですか？
早乙女　私もねえ、一度こうやって、みんなを引き合わせたかったし。

筧　ああ。

河岡　（早乙女に）今日は結局、全員来るんですか？

早乙女　うん。

皆、盛り上がる。

井手　（嬉しそうに）これちょっと、すごいことになるんじゃないですか。

河岡　むしろ、こっちを、放送してほしいですからねえ。

筧　あー、「あすなろサイキック」。

井手　特番、組めますよねえ。

椎名　（早乙女に）今日って、全部で何人になるんですか？

早乙女　えー……六人かな。

椎名　六人。

河岡　特番、六回組めますからねえ。

筧　あとの人って、まだ僕らも、会ったことないんですよねえ。

早乙女　うん、最近来たばっかりだからねえ。

井手　かなり、すごいんですよねえ。

早乙女　もうねえ、たまげるよ。

皆、どよめく。

筧　負けてられないですよねえ。

河岡　常連のメンツがかかってますからねえ。

井手　戦争ですか？

椎名　皆さんいつごろ来られるんですか？

早乙女　（時計を見て）いや、ちゃんと七時には来るって言ってたんだけどねえ。

椎名　（見て）ああ……。

筧　遅いですよねえ。

早乙女　うん。

井手　（河岡に）僕あれなんですよ。昨日ちょっと軽く、リハーサルしたんですよ。

河岡　リハーサル？

井手　ええ、夜こう、鏡見ながら。

河岡　今日に備えて？
井手　ええ。
河岡　（自分を指して）僕も。
井手　ああ。
河岡　こう、鏡見ながら。
井手　いっしょじゃないですか。
河岡　椎名さん、どうなんですか？
椎名　え？
井手　リハーサル、しました？
椎名　いや、僕はもう、ここに来ること自体、初めてですから。……入念に。
井手　やったんですか？
椎名　一応、まあ。
筧　ちょっとねえ、みんな気合い入りすぎ。リハーサルなんて、素人じゃないんですから。
河岡　やってないんですか？
筧　まあ、ゲネプロをちょっと。
椎名　やってるじゃないですか。
井手　より入念じゃないですか。

筧　まあまあね、負けてられないっつうのは、あるじゃないですか。
井手　まあまあ。
河岡　初披露ですからねえ。
早乙女　（皆に）実はねえ、私も今日ちょっと、秘密の出し物があって。
椎名　マスターもですか？
早乙女　うん。前からちょっと、練習してたんだけどね。
椎名　ああ……。
筧　初めて聞きますよねえ。
井手　なんですか？
早乙女　……秘密。

皆、盛り上がる。

筧　秘密の出し物ですからねえ。
河岡　これは楽しみですよ。
井手　何なんですかねえ。
筧　（早乙女に）なんかこう、余興的なことですか？

早乙女　……秘密。

皆、盛り上がる。

椎名　秘密の出し物ですねえ。
早乙女　うん。
井手　むちゃくちゃ気になりますよねえ。
河岡　今のところ、まったく謎に包まれてますからねえ。
早乙女　まあほら、これもみんな揃ってからのお楽しみだから。
筧　あー。
井手　……（皆に）っていうかね、もうこれ、先始めちゃってもいいんじゃないですか？
筧　え？
井手　ほらこう、揃ったら、またちゃんと、もう一回やればいいじゃないですか。
筧　……やりますか？
河岡　（立ち上がって）やりましょう。
井手　ああ。
河岡　待てない。

皆、盛り上がる。

早乙女　なになに、戦争の始まり？
河岡　超能力大戦争が。

筧・井手・河岡、立ち上がる。
互いに、にらみ合いつつ、店内を回る。
そのまま、手をかざしあう。

椎名　いや、そういう企画なんですか？
筧　見せ合うだけですから。

皆、それぞれ、パーティの準備を始める。
テーブルを並び替えたり、カバンや服を脇によけたり。

井手　（テーブルを指して、早乙女に）これって、動かしてても大丈夫ですよねえ？
早乙女　ああうん、パーティ仕様で。
河岡　（皆に）ニセモノは、今のうちに帰っといたほうがいいですよ。
皆　おー。（盛り上がる）
椎名　窓って、閉めたほうがいいんですよね。
早乙女　ああ、うん。
井手　一般社会は、シャットアウトしましょう。

椎名、窓の扉を閉める。

筧　入り口、みんな覗いていくんですよねえ。
早乙女　まあでも、クローズのあれ、かけてあるし。
筧　じゃあ、大丈夫ですか。
河岡　覗いてたら、超能力で追っ払ってやりますよ。
椎名　それは、バレるでしょう。
井手　追い払ったら、そいつ、言いふらすでしょう。

皆、準備を終え、それぞれ席に着く。

テーブルを囲んで座る形になる。

筧　えーじゃあ、いいですか？

皆、神妙にうなずく。

井手　（興奮して）いよいよですねえ。
筧　誰からいきます？

皆、顔を見合わせる。誰も手をあげない。

皆　おー！（盛り上がる）
早乙女　これじゃあ、みんないっせいに、術を使ってみるってのはどうかねえ。
筧　いやわかりにくいですよ。
早乙女　え？
椎名　すごい、ごちゃごちゃするじゃないですか。
井手　っていうか術はやめてくださいよ。
筧　妖怪じゃないんですから。

早乙女　ああ。
河岡　ええじゃあ、改めて、……いきたい人！

井手、手を挙げる。

河岡　おっ。
井手　これはねえ、ちょっと、いかせてもらいますわ。
早乙女　トップバッター。
井手　（立って、皆に）いいですかねえ。
河岡　駄目です。
井手　（驚いて）え？
河岡　……嘘です。

皆、盛り上がる。

井手　ああ。
早乙女　びっくりしたねえ。
筧　駄目なのかと思いましたよねえ。
井手　やめてくださいよ。
河岡　ああ。
井手　（皆に）じゃあ、いいですか。
筧　駄目です。

皆、笑う。

椎名　いや、先に進めましょうよ。
筧　ああ。
早乙女　盛り上がってるねえ。
井手　（立って）えー、じゃあ、井手です。
河岡　拍手とかですか。

皆、拍手。

井手　ああ、どうも。……で、そのまあ、エレキネシスが、使えるんですけど。

皆、どよめく。

井手　で、エレキネシスっていうのは、電子機器っていうか、そういうのを操作できるっていう、あれなんですけど。

皆、どよめく。

河岡　ネーミングは、オリジナルなんですか。

井手　ええ、そうです。（恥ずかしそうに）まあ、そこは、いいじゃないですか。

筧　そういうセンス……。

井手　そこは、いいじゃないですか。で、これです。

井手、ポケットからゲームボーイを取り出す。

椎名　ゲームボーイ。

井手　ええ。これまあ、ソフトは普通の『テトリス』なんですけど、これをじゃあ、プレイしてもらえます？（ゲームボーイの電源を入れて、筧に手渡す）

筧　僕がですか？

井手　ええ、もう、普通に。

筧　ああ……。

ゲームボーイがピコーンと鳴る。

皆、どよめく。

早乙女　（ボソッと）爆発するよ。

筧　（慌てて）そうなんですか？

井手　まあ、どうなるかは、見てもらって。

井手、袖をまくり、ゲームボーイに向けて、手をかざす。

筧　（怖がって、椎名に）……ちょっと、お前、代わって。

椎名　（慌てて）いやいや、僕は。

井手　あの、大丈夫ですから。お願いします。

筧　ああ……。

井手、再び、手をかざす。

河岡　（爆発の音）

筧　（びっくりして）ちょっともうー！

皆、はしゃぐ。

井手　あの、爆発しないですから。爆発ノリ、やめてもらっていいですか。

筧　爆発しないんですね？

井手　ええ、ブレますから。

筧　じゃあ……。

筧、テトリスをプレイする。

井手、ゲームボーイに向けて、「ふん！」と、念力を送り始める。

すごい形相である。

河岡　（井手を見て）あら、これはすごいですよ。

早乙女　（井手を見て）恐ろしい形相だねえ。

井手　（画面を指して）ちょっとあの、こっち見てもらっていいですか。

皆　あー。

井手　顔はいいんで、画面を。……僕、帰りますよ？

皆　いやいや。

河岡　ごめんなさいごめんなさい。

井手　いちいちそういうの、いいんで。

早乙女　集中するから。

井手　ちゃんと、見てててください。

などあって、皆、改めて、画面に注目。

井手、ゲームボーイに向けて、念力を送り始める。

筧　……今これ、送り中ですか？

椎名　どうなるんですかねえ。

早乙女　もうね、たまげるよ。

河岡　……（画面を見て）今のところはまだ、普通のテトリスですが？
椎名　……（画面を指して）これ。
河岡　え？
椎名　ほら、また。
筧　……（気付いて）あっ。
井手　（力みながら）ええ。
河岡　なんですか？
筧　こう、さっきから棒しか出てないんですよ！
河岡　本当だ！
筧　ええ。
河岡　棒ばっかり！
椎名　（井手に）これですよねえ。
井手　ええ。

井手、もう一度、力む。

椎名　（棒じゃなくなったので）ああ……。
筧　あら？
椎名　……（興奮して）あっ！
河岡　今度はこの……こればっかり！（S字ブロックをジェスチャーで示す）
筧　ええ。
椎名　S字ブロック。
早乙女　もうねえ、どんどん出てくるよ。
椎名　はー。
筧　これこんなにいらないよ！
河岡　鬱陶《うっとう》しいですねえ。
筧　置きにくいよ。
椎名　無尽蔵に出てきますねえ。

井手、力む。
「ピコピコ」という音。
ゲームボーイにポーズがかかる。

筧　あっ。
河岡　勝手にポーズが。
椎名　ええ。
井手　（疲れながら）とまあ、こういう感じなんですけど。

皆、興奮する。

歓声と拍手。

井手　ああ、どうも。
河岡　これはいきなり、出ましたよ！
筧　かなり地味でしたけどねえ。
早乙女　お疲れさん。
井手　（座りながら、皆に）どうでした？
河岡　本物。
井手　（喜んで）ああ。
筧　ついに出ましたねえ。
河岡　超能力が。
筧　ええ。
早乙女　（椎名に）たまげた？
椎名　（興奮して）ええ。
筧　裏技とかじゃないですよねえ。
井手　いや、違いますよ。
筧　ああ。
井手　超能力ですよ。

皆、盛り上がる。

椎名　（井手に）これってじゃあ、なかを直接操作してる感じなんですか？
井手　ええ。こう、電流を操作するみたいな。
椎名　はー。
井手　その、物理的にはどうなってるかわかんないですけど、でもまあ、そういうイメージで。
筧　でも今のって、かなり微妙な操作ですよねえ。
井手　まあ、ええ。
河岡　テトリスの、ブロックの、出現率ですからねえ。
筧　微妙ですよねえ。
井手　ああ、だからその代わり、大きい家電製品とかは、苦手なんですけど。
筧　あー。
井手　だから、どっちかっていうと、こういう電子機器のほうが、やりやすいんですよ。
寛　エレキネシスは。
井手　ええ。
河岡　じゃあ、（ゲームボーイを指して）それだとこう、かなり自由自在なんですか？
井手　（得意げに）まあ、ええ。
河岡　こう、インベーダーとかも出せるんですか？
井手　え？
河岡　ブロックのひとつとして。
井手　ああ……いや、インベーダーはちょっと、無理ですけど。
早乙女　じゃあこう、ものすごい長い棒とかは？
寛　便利ですよねえ。
井手　いやだからそういう、ないのは無理ですけど。
早乙女　ああ……。
井手　まあだから、元々あるものをこう、今みたいに操作できるっていう感じなんで。
椎名　そのこう、プログラムされてる範囲で。
井手　ええ。
河岡　じゃあこう、マリオがものすごいジャンプするとかでは、ないと。
井手　では、ないです。
早乙女　マリオのヒゲが伸びるとかでは、ないと。
井手　ないです。
河岡　マリオのオーバーオールがずり落ちるとかでは、ないと。
井手　いやだから、もういいじゃないですか。
寛　それ、ただ言いたいだけじゃないですか。
椎名　おもしろいマリオを。
井手　（皆に）まあじゃあ、とりあえず僕のは、こんな感じですかねえ。
皆、改めて、歓声と拍手。
河岡　合格。
井手　ああ、ありがとうございます。
早乙女　（椎名に）どうだった？
椎名　いやあ、本当にいらっしゃるんですねえ。

井手　次じゃあ、誰いきます？
筧　もう、誰でもいいですよねえ。
皆　うんうん。
井手　え？
河岡　正直、一番だけは避けたかったですからねえ。
筧　ええ。
早乙女　（井手に）これでみんなニセモノだったら、どうするつもりだったの？
河岡　あんなか弱い力で。
井手　いやいや、（早乙女に）え、本物なんですよねえ。
早乙女　……秘密。
井手　いや、ちょっと。そこは……。
河岡　解散！

皆、テーブルから立ち上がる。

井手　いやいやあの、ここで解散されると、僕まずいんで。お願いします。
筧　（席に戻りつつ）どうします？
河岡　じゃあ、（井手から）こう、順番でいきますか。以降、席のならびに沿って、椎名→筧→河岡、という流れができる。
椎名　じゃあ、僕ですかね。
河岡　おっ。
早乙女　ネクストバッター。

椎名、立ち上がる。
皆、盛り上がる。

早乙女　これはまだ私も見たことないからねえ。
筧　かなりショックだと思いますよ。
椎名　（皆に）あ、じゃあ……どうも、椎名です。

皆、拍手。

椎名　ああ。で、まあその、テレパシーができるんですけど。
皆、どよめく。
井手　すごいですねえ。続々とエスパーが出てきますねえ。
椎名　で、さっきも言われたように、人の考えてることが、まあ、読み取れるっていう。
皆、どよめく。
筧　妖怪。
椎名　いや、やめてくださいよ。
河岡　これは恐ろしいですよ。
椎名　えー、じゃあ……（早乙女に）マスター。
早乙女　私？
河岡　おっ。
椎名　なんかこう、頭の中でイメージしてもらえます？
早乙女　イメージ。
筧　読まれますよ。
河岡　気をつけてくださいよ。
早乙女　こう、なんか思い浮かべればいいの？
椎名　ええ、こうできるだけはっきり。
早乙女　ああ……なんでも？
椎名　ええ。
早乙女　……心までは覗かないでよ？
皆、盛り上がる。
椎名　いや、心を覗くんですよ。
早乙女　ああ……じゃあ、いきます。
椎名　ええ。
早乙女、目をつむって、何かを想像する。
椎名、それを読み取るべく、精神を集中する。
河岡　おっ。

筧　いまこう、やりとりしてるわけですよ。
河岡　（椎名の集中するさまを見て）さっきの井手さんより、断然スマートですねえ。
筧　さっきのは、禁断症状みたいでしたからねえ。
河岡　食べられるのかと思いましたからねえ。
井手　それはだから、個人差じゃないですか。
椎名、伝わってきたイメージに戸惑いつつも、集中をやめる。
椎名　……あの、まあ、一応。
早乙女　（期待して）読めた？
皆　おおっ。
椎名　ちょっと、意味はわかんないですけど……なんかこう、インド人が、アメリカ人に、すごい怒られてるっていう……。
早乙女　……正解。
井手　当たってるんですか？
早乙女　うん！（興奮して）これ、すごいよ。
筧　っていうかそれ、なんのイメージなんですか。
早乙女　いや、なんかこう、とっさに頭に浮かんだんだけど。
筧　ああ……。
椎名　別にじゃあ、意味とかはないんですか？
早乙女　うん。完璧だよ。
椎名　ああ……。
筧　ずいぶん、象徴的な構図ですけど。
井手　（椎名に）じゃあ、僕もいいですか？
椎名　ああ、ええ。
井手　こう、イメージすればいいんですよねえ。
椎名　ええ。
井手、何かを想像する。
椎名、読み取るべく、集中する。
井手　（やめて）どうですか？
椎名　……井手さんが、井手さんのことを想像してて、その井手さんも、また井手さんのことを想像してて、どんどん小さく……。

井手　（興奮して）正解です。

皆　おお！

河岡　僕もじゃあ、いいですか？

椎名　ええ。

河岡、何かを想像する。

椎名、集中する。

井手　（興奮して）これ、すごいですねえ！

早乙女　なんか、恥ずかしいよねえ。

井手　もう赤裸々に。

河岡　（やめて）どうですか？

椎名　……なんか、「何も考えない」「何も考えない」って、ずっと言ってるんですけど。

河岡　（悔しそうに）あー、正解。

井手　それ、なんですか？

河岡　いや、無我の境地にして、ビックリさせようと思ったんですけど、無理でしたねえ。

井手　ああ……。

筧　「何も考えない」ってのが、出ちゃったんですね。

河岡　いやー、悟りにはほど遠いですねえ。

筧　そりゃそうでしょう。

井手　とくに修行とか、してないでしょう。

河岡　でもすごい。

皆、歓声と拍手。

椎名　ああ、どうも。

早乙女　これはお見事だったねえ。

椎名　ああ。

井手　（椎名に）じゃあ、イメージが見える感じなんですか？

椎名　ええ、まあだからこう、その人の意識そのものが、伝わってくるって感じですかねえ。

早乙女　頭の中に。

椎名　ええ。

井手　はあー。

河岡　じゃあもう、その人が何考えてるかこう、わかると。
椎名　ええまあ、ある程度強い思考だったらですけど。
河岡　あー。
筧　（椎名を指して、皆に）テレパシー。
皆、盛り上がる。
井手　いや、っていうかもうじゃあ、無敵じゃないですか。
河岡　パンチとかこう、自在によけれますからねえ。
井手　ええ。
椎名　いやまあ、そんな瞬間的なのは無理ですけど。
井手　え？
椎名　あのだから、一応、今みたいに集中しないと、できないんで。
井手　ああ……。
早乙女　K－1で勝てるわけでは、ないと。
椎名　っていうかあの、攻撃、べつに、できないですから。
河岡　いやでも、野球とかで、相手ピッチャーの配球なんかは、わかるわけですよねえ。
椎名　まあまあ……。
皆　おー。
井手　大リーグ、狙えるじゃないですか。
椎名　いやだから、読めても、打ては、しないんで。
筧　身体は、こいつのままなんで。
井手　ああ、そっか。
椎名　だから、スポーツとかには、あんまり活かせないんですけど。
筧　ああ、でも、逆に相手側に送るっていうのもできるんですよ。
河岡　テレパシーを？
椎名　まあだから、それも、さっきの応用なんですけど。
皆　おお！
井手　え、じゃあ、僕らにもこう……。
椎名　それじゃあ、最後、皆さんに。

皆、さらに興奮。

早乙女　まだそんな隠し玉あったの。
筧　これまた、ショックですよ？
井手　（そわそわして）これ、どうしてたらいいんですか？
椎名　まあまあ、普通に。
井手　ああ……。
早乙女　肉体をのっとられるとかじゃないよねえ？
椎名　いやあの、そういうことじゃないです。
筧　こう、頭の中に語りかけてくるんですよ。
早乙女　ああ。
椎名　じゃあ、いいですか？

皆、緊張しつつ、目を閉じる。
椎名、テレパシーを送るべく、集中する。

筧　……きますよ？

しばらくして、皆、リアクション。

早乙女　今、聞こえたねえ！
河岡　お告げのように！
井手　（椎名に）今のですよねえ。
椎名　ええ。
河岡　（真似て）「こんな感じです」。
井手　ああ、ええ！
筧　こいつのすました声で。
河岡　（真似て）「こんな感じです」。
井手　（笑う）
筧　……いや、似てはないですよ。
早乙女　ついにきたねえ。
河岡　テレパシーの使い手が。
早乙女　うん。
椎名　（皆に）ああ、まあじゃあ、とりあえず僕のはこんな感じです。
井手　（椎名を指して）この声。
河岡　さっきの。

早乙女　（真似て）「こんな感じです」。

皆、笑いとともに拍手。

筧　まったく似てないですけど。
椎名　ああ、どうも。（座る）
井手　これは、思いのほか、盛り上がりましたねえ。
早乙女　正直もうちょっと、地味だと思ってたからねえ。
河岡　テレパシー、あなどれないですねえ。
井手　ええ。
筧　（唐突に）テレパシーがなんだ、テレパシーが。
井手　あら。
筧　いっちゃうぞいっちゃうぞ？
早乙女　酔っ払ってんの？
筧　ガツンと、かましてやりますよ！
河岡　これはいやなテンションですよ。

筧、得意げに、立ち上がる。

井手　（かけ声で）透視！
筧　いや、先に言わないでくださいよ。
井手　ああ……。
河岡　（かけ声で）筧！
筧　いや、名前も僕、言いますから。
河岡　ああ。
椎名　いろいろ言われましたねえ。
早乙女　言いたかったのにねえ。
筧　（皆に）ああ……まあじゃあ、透視の筧です。

皆、歓声と拍手。

井手　（わざとらしくリアクション）透視!?
筧　いや、わざとらしいですよ。
河岡　（わざとらしくリアクション）筧!?
筧　いや、苗字じゃないですか。
河岡　ああ。
筧　いちいちその、いいですから。えー、でまあ、物を、透視できるんですけど。

皆、どよめく。

井手　透かして見ますからねえ。
河岡　これはいやらしいですよ。
筧　じゃあその、（井手と河岡を指して）お二人が、下に着てる服をこう、当てます。
河岡　インナーを？
筧　ええ、透視で。

皆、盛り上がる。

井手　これもまた恥ずかしいですよねえ。
河岡　（着ているジャンパーを触って）けっこう、厚手ですけどねえ。
筧　じゃあ、いいですか。
井手　ああ。

筧、井手の服を、凝視する。

河岡　おっ。
筧　……きてます。……これ今、完全にきてます。
井手　若干、言い回しが古いですけどねえ。
筧　……（透視をやめて）はいはい。
井手　（筧に）なんですか？
筧　まあじゃあ、後で同時に。
井手　ああ。

筧、続いて、河岡の服を、凝視する。

河岡　おっ。
筧　……はいはいはい。
井手　なんかこう、目で犯されてる感じじゃないですか？
筧　もう今、普通に見えてます。
河岡　……（手で、視線を防いで）防御！
椎名　いや一緒ですよ。
井手　透視じゃないですか。

河岡　ああ。

　　筧、見終える。

筧　ええ。

早乙女　終わった？

井手　なんですか？

筧　（井手と河岡に）じゃあこう、僕が言った瞬間に、（服を）開けて見せる感じで。

河岡　はいはい。

筧　じゃあ、いいですか。

井手　ええ。

筧　……（井手を指して）ナイキ。

　　井手、着ている服を開けると、シャツにナイキのマーク。

皆　おー。

筧　（河岡を指して）ナイキ。

　　河岡、ジャンパーを開けると、同じくシャツに、ナイキのマーク。

皆　（笑って）おー！

筧　（得意げに）以上が、透視の筧です。

　　皆、歓声と拍手。

筧　ああ、どうも。

椎名　二人ともナイキでしたねえ。

早乙女　おそろいだねえ。

筧　一瞬、笑いそうになりましたよ。

河岡　（立ち上がって）じゃあ、次はいよいよ僕ですか？

井手　おっ！

筧　（驚いて）いやいやいや。

井手　え？

筧　終わりですか!?

河岡　まだあるんですか？
筧　え、だって、短くないですか？
井手　ええ、でも、終わりなんですよねえ。
筧　いや、じゃなくてこう、なんか質問とか、あるじゃないですか。
河岡　（気付いて）ああー。
井手　質問。
筧　（ホッとして）ビックリしますよホント。
椎名　流されるとこでしたねえ。
井手　（筧に）これってじゃあ、やっぱりその、女の人の裸とかも、見えるんですか？
筧　ああ……まあそりゃ、見えますけど、
井手　おお。
筧　まあでも、さすがにそれは、アレなんで。
井手　あー。
河岡　じゃあ、AVのモザイクとかもこう、透けて見えるんですか？
筧　ああ……っていうか、あれはだからこう、モザイクの向こうに、本物があるわけじゃないですから。
椎名　ブラウン管の様子がわかるだけですよねえ。
河岡　はー。
井手　だけどこう、エロ本の袋とじの中とかは、見えるんですよねえ。
筧　あのちょっと、なんでそういう質問ばっかりなんですか？
井手　え？
筧　偏見ありすぎでしょう。もうちょっとこう、普通の質問してくださいよ。
河岡　注文多いですねえ。
早乙女　（椎名に）犬とかってこう、どんなこと考えてるの？
椎名　……え？
筧　いやだから、僕に質問してくださいよ。
早乙女　ああ……。
河岡　まあまあ、こんな感じですかね。
井手　そうですね。

皆、拍手で終わらせる。

筧　終わりですか？
井手　まあまあ、予想通りの結果でしたからねえ。
河岡　特に意外性は、なかったですからねえ。
筧　意外性あるでしょう。透視ですよ？（しぶしぶ座る）
早乙女　っていうか、透視ってなんとなく、できそうな気がするんだよねえ。
皆　うーん。
筧　（立ち上がって）いやいや、それはやめてくださいよ。
早乙女　ええ？
筧　できないですから。
椎名　なぜか見くびられてますねえ。
早乙女　まあまあ、なんとなくの、イメージだから。
筧　あなた、素人ですよねえ？
河岡　いやー、にしてもまさか、服がいっしょとは思わなかったですねえ。
井手　奇跡的ですよねえ。
筧　そこじゃないですよ。奇跡は！
河岡　（立ち上がって）じゃあ最後、いきますよ。
井手　おっ。
筧　もういいですけど。
河岡　（皆に）えー、噂の河岡です。

皆、歓声と拍手。

河岡　僕は、まあまあ、サイコキネシスが、使えます。
皆　おー。
河岡　あとまあ、透視も多分、いけるとは思うんですけど。
筧　いやいや。
河岡　今日はまあ、サイコキネシスで。
筧　透視を軽んじるの、おかしいでしょう。
早乙女　これはもう、井手さんのとは、正反対だからねえ。
井手　かなりのパワーなんですよねえ。
早乙女　もう、おったまげるよ。
河岡　じゃあああの、（壁際に置いてある、一輪挿しを指して）あそこに、花瓶、あるじゃないですか。あれを、倒します。

皆　おおっ！

筧　かなりの大技ですよ？

河岡、離れた場所に立つ。

椎名　そんなに離れるんですか？

河岡　ええ。

筧　だいぶ、距離ありますけど……

早乙女　大丈夫？

河岡、一輪挿しにむけて、手をかざし、構える。

河岡　いきますよ……？

河岡、「ハッ！」と、手から念力を放つ。すると、途中のルートにある、飾りの手すりやら椅子やらが、いろいろ派手に倒れる。

そして最後に、一輪挿しがコトンと倒れる。

河岡　（やり終えて）おー。

皆　いやいや。

井手　被害出すぎでしょう！

椎名　いろいろ当たって。

筧　結果オーライみたいになってますけど。

皆、立ち上がって、手すりやら椅子を元に戻す。

井手　（手すりを直しながら）これ、大丈夫ですか。

早乙女　今日もまた、派手にやってくれたねえ。

椎名　ピンポイントには、無理なんですか。

河岡　まあまあ、あれですよ。こう、格闘漫画とかで、主人公が、すごい格闘センスとか、そういう謎の力を秘めつつも、本人はまだまだ幼くて、自分でその制御が利かない、みたいな。

筧　いや、いいように言わないでくださいよ。

井手　たしかにその感じはわかりますけど。

椎名　これだけど、相当な破壊力ですよねえ。
皆　うーん。
筧　ひくぐらいの感じですよねえ。
井手　どれぐらいの力が、出るもんなんですか？
河岡　まあまあ、五十キロぐらいのものなら、飛ばせますかねえ。
椎名　五十キロ。
筧　かなりの力ですよねえ。
早乙女　測ったりしたの？
河岡　いやまあ、工場長が、多分そのぐらいなんで。
早乙女　ええ？
井手　工場長、飛ばしたんですか？
河岡　まあまあ、あんまりヤイヤイ言うもんだから？　ピッと。
椎名　飛ばしたんですか!?
河岡　なんか、飛んで行きましたねえ。
筧　それ、飛ばしたんでしょう。
椎名　じゃあ、その工場長には、バレてるんですか？
河岡　いやまあ、バレてはないですけど、やっぱりこう、かなりパニクってはいましたねえ。
椎名　ああ……。
井手　そりゃパニクるでしょう。
筧　いきなり飛ばされたら、パニクりますよねえ。
河岡　まあじゃあ、僕のも、こんなもんですかね。

皆、改めて拍手。

筧　思わぬエピソードが、飛び出しましたねえ。
河岡　〝飛ばバナ〟が。
椎名　それは、どこで披露するんですか。

皆、それぞれの紹介を終えて、一段落、という感じになる。
早乙女、カウンターに入って、コーヒーを入れる準備。

井手　いや、だけど出揃いましたよねえ。
筧　ああ。

河岡　ドリームチームが。
井手　ええ。
筧　やっぱりこう、実際みると、かなり、壮観ですよねえ。
井手　人類の未来が、ここにありますからねえ。
河岡　場末の喫茶店に、ミュータントが。

皆、笑う。

筧　これって皆さん、普段からけっこう、使ったりするんですか？
井手　僕のは、割と普段からも、使いますけどねえ。
筧　ああ。
河岡　こう、イナズマで「ありがとう」とかですか？
井手　いや、そんなダイナミックなのは無理なんですけど。誰に感謝してるんですか。
河岡　いやなんか、遠くの恋人とかに。
井手　そういうのは、無理ですけど、こうまあ、自動販売機で、「当たり」を出したりとか。
筧　自販機に、あれやるんですか？
井手　こう、念じて確率をあげる、みたいな。
筧　あなた、セコいですねえ。
井手　いや、まあでも、ズルではないですから。
河岡　ツルセコですよこれは。
筧　こんなエスパー、いやですよねえ。
皆　うーん。
河岡　結婚したくないですよねえ。
井手　そこまで言われるアレは、ないですわ。
椎名　ひどい言われようですねえ。
井手　河岡さんも、工場長とかに、使うわけですよねえ。
河岡　いやー、でもあれ以来、ちょっと自粛はしてますけどねえ。
筧　そうなんですか。
河岡　工場長、しばらく仕事に来なくなりましたからねえ。
皆　ああ……。
椎名　やっぱり、ショックで。
河岡　いやもう、打撲で。

井手　ああ、もう物理的に。
河岡　まあ、両方ですかねえ。
椎名　大ダメージ。
河岡　筧さんは、覗き以外には使わないんですか？
筧　いやだから、覗かないですよ。
河岡　え？
井手　覗かないんですか？
筧　覗かないですよ。
井手　ああ……。
椎名　覗くものと思われてますねえ。
河岡　これはじゃあ、先入観でしたねえ。
井手　透視イコール、エロだと思ってましたからねえ。
河岡　ええ。
筧　なんの方程式ですか。
早乙女　（カウンターの中から）でも覗くでしょ。
筧　いやだから、覗かないですよ。
早乙女　ああ。
椎名　あんな遠くから。
井手　ええじゃあ、どういうときに使うんですか？

筧　ああ……まあだから、（得意げに）例えばこう、タイヤキを買う時に、あんこの量を確認したりとか。
井手　え？
筧　こう、しっぽまで。
河岡　あなた必死ですねえ。
筧　いやいや。
井手　っていうか、僕よりセコいじゃないですか。
筧　いや、だけど、ズルはしてないじゃないですか。
井手　いやまあ、そうですけど。
河岡　結婚したくないですよねえ。
早乙女　椎名さんのは、どういう時に使うの？
椎名　ああ……いや、僕のはあんまりこう、普段は。
早乙女　ああ……。
井手　そうなんですか？
椎名　やっぱりこう、人の心のぞくのって、ちょっと、抵抗あるっていうか。
井手　あー……。
筧　そうなんですよ。だから、僕らみたいな、知覚系のアレは、どっかで自制してるんですよ。

早乙女　でも時には、エロが勝つときもあると。
筧　いやだから、訴えますよ？
早乙女　いや、ウソウソ。
筧　エスパーの味方なんですよねえ？
早乙女　味方ですとも。

そこへ、入り口の扉が開く。
小山、おずおずと入ってくる。

井手　（小山を見て）ああ……。

皆、小山に注目。

早乙女　（小山を見て）おー。
小山　ああ、どうも。
早乙女　待ってたよー。
小山　（申し訳なさそうに）すいません、ちょっと、授業が長引いちゃって。
早乙女　（皆に）小山君。

小山　ああ……（様子をうかがいながら）どうも。

皆、挨拶。

筧　（早乙女に）じゃあ、彼もその……。
早乙女　エスパー。

皆、盛り上がる。

小山　え、じゃあ、皆さんも。
皆　（うなずく）
早乙女　エスパー。
小山　あー。
井手　もう、エスパーエスパーですよ。
筧　どうぞどうぞ。（席をすすめる）
小山　ああ、どうも。（座る）
河岡　メリークリスマス。
小山　ああ……メリークリスマス。
井手　なんで、言わせたがるんですか。

箟　彼がその、最近きたっていう。
早乙女　そう。小山君はもう、ネクストジェネレーションだから。

皆、どよめく。

河岡　この一見さえない少年が？
椎名　いや、失礼ですから。
箟　もうじゃあ、早速やってもらうっていうのは。
皆　はいはい。
小山　え……もうですか？
早乙女　みんなもう先に始めちゃっててねえ。
小山　ああ、そうなんですか。
早乙女　うん。
井手　今もう、一通り終わったとこなんですよ。
小山　ああ。
河岡　（小山に）どうぞ。
小山　ああ……じゃあ、やればいいんですか？
井手　ええ。
早乙女　じゃあまず、自己紹介から。
小山　ああ、はい。

小山、立ち上がる。
皆、盛り上がる。

井手　さんざん待たされましたからねえ。
箟　これでつまんなかったら、承知しないですよ？
河岡　こわっぱが。
椎名　いや、だから失礼ですよ。
小山　（皆に）えっと、じゃあ……どうも。初めまして、小山です。

皆、歓声と拍手。

小山　ああ……で、まあその、ここに来たのは、本当まだ、二週間ぐらい前なんですけど、
河岡　（かけ声）二週間前！
箟　よっ！

小山　ここの近くに、僕の通ってる、料理学校がありまして、それでここへ来たんですけど。
井手　(かけ声)料理学校!
筧　(かけ声)オムレツ!
河岡　(かけ声)カツレツ!
小山　……(早乙女に)ちょっと、すごいやりにくいんですけど。
早乙女　まあまあ、盛り上がってるから。
河岡　続けてください。
小山　ああ、じゃあその、テレポートが、できるんですけど。

皆、一瞬止まる。

筧　……テレポート?
小山　ええ。
井手　いや、テレポートは、できないでしょう。

皆、笑う。

小山　いやいや、あの、一回やると、しばらくできなくなっちゃうんですよ。だからあの、ちゃんとこう、見ててほしいんですけど。
椎名　ああ……。
小山　じゃあ、いきますよ。
筧　(笑って)待って待って。あの、テレポートは……。

小山、「ふん!」っと、力む。
その瞬間、小山以外のすべての動きが止まる。
時間が止まっている中、小山、歩いて、筧の背後に移動する。
約五秒後、時間が動き出す。
皆、小山が目の前から突然消えたことに、驚きのリアクション。

皆　……え?

小山、筧の後頭部を叩く。

筧、驚いて振り返る。

筧　ああ……。

小山　（筧に）どうも。

皆、驚きで言葉が出ない。

小山　あの、まあ……こんな感じなんですけど。

早乙女　（小山を指して、皆に）テレポート。

皆、やがて、パラパラと拍手。

筧　え、待って待って。移動したんですか？

小山　ええ。

椎名　瞬時に。

小山　瞬時にっていうか、まあ、瞬時にっちゃあ瞬時ですけど。

井手　いやいや、瞬時でしょう。

筧　テレポートしたんですか？

小山　はい。

皆、改めて、大きな歓声と拍手。

小山　ああ、ありがとうございます。

河岡　これちょっと、ええ!?

椎名　（小山に）空間を移動するみたいな感じですか？

小山　そうです。

筧　じゃあ、どこでも行けるんですか。

小山　いやあの、歩いてまあ、行ける距離ですけど。

筧　歩いて？

小山　大体まあ、五秒ぐらいで。

皆　？

小山　だから、テレポートっていっても、自力で移動するっていうアレなんで。

井手　え、じゃあ、ものすごい速さで……

小山　いや、じゃなくてこう、時間を止めて、その間に、動くっていう。

椎名　（合点して）時間を、止めたってことですか!?

小山　まあ、そうなんですよ。

皆、驚く。

河岡　タイムストップ!?
小山　ええ。
井手　っていうか、そっちのほうがすごいじゃないですか。
皆　うんうん。
筧　時間が操れるわけですからねえ。
井手　ええ。
河岡　もう、神ですよねえ。
小山　いや、まあ。
筧　僕ら、どのくらい、止まってたんですか？
河岡　三日とかですか？
小山　いやだから、そんなには止められないですけど。まあ、一回でだいたい五秒ぐらいですかね。
椎名　五秒。
井手　その間、この店全体が止まってた、みたいな。
小山　そうですねえ、店っていうかまあ、世界が。
皆　おー。
河岡　え、じゃあ、止めてる間は、自由に行動できると。
小山　そうですね、まあ、五秒ですけど。
井手　それもう、やりたい放題じゃないですか！
小山　ああでも、あんまり、人前では使えないっていうか。いやほら、人前で使うときだと、五秒後に、ちゃんとその位置に戻んないと、駄目なんで。
椎名　ああこう、軽いワープになっちゃう、みたいな。
小山　そうなんですよ。
井手　にしても、五秒あったら、なんでもできますよねえ。
河岡　キスできますからねえ。
井手　ええ。
筧　いや、あなたたち、そんなんばっかりじゃないですか。
小山　（残念そうに）これだけど、止まってるから唇やわらかくないんですよ。
椎名　したんですか？

小山　まああの、何回か。
椎名　ああ……。
筧　なんですか？　このエスパーたちは。
河岡　唇がやわらかくないんなら、しょうがないですねえ。
井手　それはキスとは言いにくいですからねえ。
筧　キスの話いいでしょう。
小山　（皆に）ああ、まあじゃあ、とりあえず僕のはこんな感じですね。

皆、改めて歓声と拍手。

小山　ああ。
井手　これはもう参りましたねえ。
河岡　もう凄すぎてこう、ダルいですからねえ。
井手　ええ。
椎名　（小山に）その、一回やると、しばらくできなくなるっていうのは……。
小山　そうなんですよ。こう、なんかやっぱり、連続は無理みたいで。
椎名　ああ。
小山　だからこう、大体三十分ぐらい休まないと、また次ができないんですけど。
河岡　こう、チャージする感じで。
小山　ええ。
井手　じゃあこう、また三十分後に。
河岡　奇跡を。
井手　ええ。

早乙女、カウンターの中から、出てくる。

早乙女　ちょっとごめん。またコンビニ行ってくるわ。
井手　なんですか。
早乙女　いやちょっと、ミルクも切らしててねえ。
井手　ああ……。
筧　またないんですか？
早乙女　うん。もうちょっと、待っててね。

早乙女、出て行く。

井手　……全然コーヒーできませんねえ。

寛　材料なさすぎですからねえ。

小山　あの、皆さんも、お一人ずつ、違う能力なんですよねえ。

河岡　ええ。

井手　ああ、じゃあまたこう、僕らもやっていきます？

寛　だけど、あと、もう一人来るんですよねえ。

小山　そうなんですか。

寛　らしいんですよ。

河岡　（時計を見て）なっかなか、こないですねえ。

椎名　待ってたほうがいいんですかねえ。

井手　ああ……。

寛　（小山に）ああ、じゃあちょっとその間に、一点だけ、いいですか？

小山　ああ、ええ。

寛　そのまあ、確かに、すごい能力だとは思うんですけど……なんで僕は叩かれたんですか？

小山　（驚いて）え？

椎名　いや、そこは、いいじゃないですか。

寛　いやだって、初対面だから。

小山　（慌てて）ああ、すいません！

寛　いや、別に、責めてるとかじゃないんですけど。なんでかなーっていう。

井手　ずっと引っ掛かってたんですか？

河岡　ちっちゃい男ですねえ。

寛　いやいや、ホントにちょっとだけ、気になったんですよ。

小山　これ、どうしたらいいですか？

そのとき、扉が開く。
サングラスをかけた男（神田）、店内をうかがいつつ入ってくる。

井手　（神田を見て）ああ。

神田　……（会釈）。

寛　（神田に）あのこう、特殊な能力の……。

神田　まあ、ええ。

　皆、歓声。

筧　どうぞ！

河岡　メリークリスマス。

神田　（戸惑いつつも）メリークリスマス。

　皆、盛り上がる。

筧　今、ちょうど噂してたんですよ。

神田　え、じゃあ、皆さんも……。

井手　そうなんですよ。

神田　あー。

小山　どうぞ。（隣のイスをすすめる）

　神田、座る。

河岡　（サングラスを指して）それっぽいですねえ。

皆　うーん。

筧　今、マスター、出て行ってるんですけど。

神田　ああ……そうなんですか。

椎名　会いませんでした？

神田　ああ……わかんないですねえ。

井手　あの、じゃあ、お名前は。

神田　ああ、神田です。

　皆、改めて挨拶。

小山　これでじゃあ、全員ってことですか。

筧　ええ。

神田　ああ……。

井手　（嬉しそうに）ついに揃いましたねえ。

河岡　ドリームチームが。

井手　ええ。

神田　これじゃあ、皆さん、そうなんですか？

筧　ええ。

神田　あー……ライバル。

筧　まあ、ええ。

皆、笑う。

井手　神田さんも、かなりすごいという風に。
神田　ああ、いやまあ、すごいっていうか……（調子に乗った口調で）負ける気はしない？

皆、盛り上がる。

河岡　大きくでましたよ？
筧　ちょっとちょっと。
井手　これじゃあもう、やってもらいます？
皆　はいはい。
神田　やるんですか？
井手　僕らももう、ひと通りやったんですよ。
神田　ああ……。
筧　（皆に）それか、この人をもう大トリにして、僕らが、先に見せるっていう。

皆　あー。
井手　前座、みたいな感じでね。
河岡　それでいきましょう。
椎名　小山さんもまだ、見られてないですし。
小山　ええ。
筧　（神田に）いいですか。
神田　ああ……まあじゃあ、お手並み拝見と、まいりますか。

皆、どよめく。

河岡　これはにくたらしいですよ。
井手　余裕ですからねえ。
筧　もうじゃあ、いってやりましょう。
皆　おお！
井手　えーじゃあ、また僕から、いかせてもらいます。
椎名　さっきの順で。
井手　（立って、二人に）えー、エスパーの、井手です。
小山　あー。

神田　（小山に）いやいや、おかしいでしょう。
小山　え？
神田　ギャグじゃないですか。
筧　いや、あってますよ。
神田　え？
井手　でまあ、僕のはこう、電子関係のものを操作できるっていう、あれなんですけど。……えー、じゃあ。
（テレビに近づく）
河岡　おっ。
椎名　さっきと違いますねえ。
井手、テレビに向かって、「ふん！」と力む。
神田　（笑って）いや、何してるんですか？
しばらくして、テレビが点く。
神田、驚く。
井手　（かなり疲れて）とまあ、こんな感じです。

小山　（興奮して）すごいですねえ！
井手　エレキネシス。
河岡　無理しましたねえ。
椎名　家電品は苦手なのに。
井手　いやだって、負けてられないじゃないですか。
（テレビのスイッチを手で消す）
河岡　ああ。
筧　っていうか、手で点けたほうが早いじゃないですか。
椎名　手で消してるし。
井手　まあまあ、そこは。
神田　（皆に）……誰ですか、リモコン。
椎名　え？
神田　出せほら。
河岡　……馬鹿にされてますよ？
皆、盛り上がる。
井手　だからエレキネシスですよ。
筧　悔しいですねえ。

神田　（笑って）いや、だってそんなのできたらこう、むじんくんとかもう、無尽蔵じゃないですか。
井手　え？
神田　こう、自由に操作して。
筧　いや、それ犯罪じゃないですか。
神田　え？
河岡　あなたさっきからボケまくりですねえ。

皆、笑う。

神田　ああ……。
椎名　（立って）ええじゃあ、テレパシーの椎名です。
小山　ああ。
神田　（小山に）いやだから、おかしいじゃないですか。
小山　え？
神田　「ああ」じゃないでしょう、そこは。
筧　さっきからなんなんですか？
椎名　じゃあこう、とりあえず昨日の夜食べたものを、思い出してもらえます？
神田　え？
小山　考えればいいんですか？
椎名　ええ。
筧　ばれますよ。
小山　ああ。
河岡　生活水準も含めて。

椎名、心を読むべく、集中する。

神田　（笑って）いや、だから……。
椎名　（小山に）おでん。
小山　（喜んで）ああ！
椎名　（神田に）カロリーメイト。
神田　（驚いて）……え？
筧　どうですか？
小山　（興奮して）正解です！

皆、盛り上がる。

筧　ショックでしょう。
小山　こうじゃあ、考えてることがわかるんですか？
椎名　ええ、まあ。
井手　（小山と神田を指して）ぬくもりと、わびしさですよねえ。
筧　対照的な。
井手　ええ。
河岡　……（集中して、小山に）からし。
小山　ああ……。
筧　いや、大体一緒に食べるじゃないですか。
井手　類推じゃないですか。
神田　……（小山に）付いてる？
椎名　え？
神田　粉。
椎名　いや、だからテレパシーですよ。
神田　え？
椎名　考えを読んで。
神田　……ああ。
河岡　（神田を指して）天然？

皆、笑う。

神田　（戸惑って）いや……。
筧　えーじゃあ、（二人を指して）ポロとナイキ。
小山　え？
筧　その下。
小山　ああ、（上着を開けて）これ！
筧　ええ。
神田　（上着を開けて）ああ！
筧　というわけで、透視の筧です。
小山　あー。
井手　いきなりですねえ。
椎名　ナイキ三人目ですねえ。
小山　（筧に）これじゃあ、女子トイレのなかとかも覗けるんですか？
筧　いやだから、覗かないですよ。
小山　え？
井手　（小山に）そう思いますよねえ。

筧　っていうか、さっきからあなた、一番エロいじゃないですか。
神田　（戸惑いつつ）透視、したんですか？
筧　え？
神田　この服を、こう……。
筧　いやだから、そう言ってるじゃないですか。
神田　（ショックを受けて）ああ……。
椎名　今わかったんですか？
井手　本当に天然ですねえ。

皆、笑う。

河岡　じゃあ、サイコキネシス河岡です。
小山　ああ……。
井手　芸名みたいに。
河岡　じゃあ……（神田に）あなた。
神田　え？
河岡　（カメハメ波の構えで）カーメーハーメー……
神田　いや……。
筧　（笑って）まさか。
井手　（笑って）まさかこれは。
椎名　大丈夫なんですか？
河岡　波！（神田に向けて、手を突き出す）

神田、念力を腹にうけて、イスから飛ばされる。

小山　ああ！
河岡　（自分を指して）まあまあ、悟空ですよね。
小山　ああ……。
椎名　乱暴な悟空ですねえ。
河岡　こう、なめられないように。
椎名　ああ……。
小山　（神田に）大丈夫ですか？

神田、無言で立ち上がる。

筧　何も喋んなくなったじゃないですか。
河岡　（神田に）嘘です。

椎名　いや、やったじゃないですか。
井手　嘘ではないでしょう。
神田　……（河岡に）サイコキネシス。
河岡　ええ。
神田　腹。
河岡　そうです。
神田　ふうん……。

神田、席に戻る。

井手　単語しか言わなくなりましたねえ。
筧　カメハメ波やられたらねえ。
河岡　工場長も、こんな感じでしたからねえ。
椎名　工場長も、こういうことだったんですね。
小山　（神田に）ああ、でまあ僕は、一応、テレポートができるんですけど、さっきやったんで、今まだちょっとできないっていう。
神田　テレポート。
小山　ええ。ちょっと、休憩しなきゃいけないっていうか。
神田　もう、テレポート。
井手　これ本当、びっくりしますよ？
筧　（小山に）また、あれやってあげてくださいよ。頭を。
小山　（慌てて）ああ、すいません。
椎名　まだ根に持ってるんですか？
井手　むちゃくちゃしつこいですねえ。
神田　（皆に）まあじゃあ、皆さん、エスパー。
小山　え？
井手　いやだから、そうですよ。
神田　（ショックを隠して）はいはいはい。
井手　なんの最終確認ですか。
椎名　信じてなかったんですか？
河岡　こんだけ、技みせてるのにねえ。
筧　じゃあ、最後、いってもらいますか？
皆　よっ！
河岡　（神田に）お願いします！

皆、大いに拍手。
神田、追い詰められる。

筧 どんな技かな？
河岡 地震を、起こせるのかな？
神田 いやあの、そこまで、すごくはないですけど。
井手 （制して）まあまあ、とりあえず。

河岡、神田を立たせる。

神田 ああ……じゃあ、一応こう、「細男」っていう、技なんですけど。
小山 細男。
神田 細い男、と書いて。
筧 聞いたことないですよ？
皆 うーん。
神田 まああの、ネーミングは、オリジナルなんですけど。
椎名 どういう力なんですか。

神田 まあそうですねえ、力っていうか、細いところ通り抜けられる、っていう、あれなんですけど。

皆、興奮。

河岡 これは驚異ですよ。
筧 だって、人間の限界を超えてますからねえ。
神田 （慌てて）いやあの、そこまでのものでもないですけど。
井手 じゃあ、早速。
河岡 お願いします。
神田 ああ、じゃあ……

神田、上着を脱ぎ、店内にある、柵のあたりへ移動。
皆、どよめく。

椎名 どうなるんですかねえ。
井手 ちょっと、想像もつかないですよねえ。

神田　まあじゃあ、（柵を指して）とりあえず、これをこう。
寛　え？
神田　いきます。
柵の幅は、人がギリギリ通れるか通れないかぐらいの細さ。
皆が見守る中、神田、柵の間に、体を通そうとする。
神田　おっ、これは……いけるかな？
神田、通り抜ける。
神田　ああ。……（皆に）とまあ、一応こういう。
河岡　（神田を指して）ウォーミングアップ。
皆、盛り上がる。
神田　いや……。
寛　引っ張りますねえ。
井手　ええ。
河岡　じゃあ、本篇を。
神田　いや、まあ、まだいけますけど……。
井手　そりゃ、そうでしょう。
椎名　今のはただ、通っただけじゃないですか。
神田　ああ……。
寛　細身の奴じゃないですか。
皆、笑う。
神田　いや、でもこれ、結構……。
河岡　なんかじゃあ、その辺にストローとかないですか？
小山　ストロー。（カウンターを探す）
井手　これいけたらすごいですよ。
神田　（驚いて）いや、無理ですよ。
井手　え？

神田　いや、ストロー通れないでしょう。
井手　ああ……。
筧　まあじゃあ、わかりました。（指で輪っかを作って）これを。
河岡　はいはい。
神田　いや、だから……。
椎名　これなら、割と広いですよねえ。
皆　うんうん。
神田　これ狭いでしょう。
井手　これも無理なんですか？
神田　馬鹿にしないでくださいよ。
皆　いやいや……。
小山　じゃあ、（イスの背もたれの隙間を指して）この隙間で。
皆　はいはい。
小山　ニュルっと。
神田　ニュルっと、いけないでしょう。
井手　まだ無理なんですか？
神田　無理でしょう。トコロテン……
筧　え、だって、細男なんですよねえ。
神田　まあだから、限界、ありますから。
河岡　じゃあどのくらいなら、いけるんですか？
筧　もうだって、かなりハードル下げましたよねえ。
神田　いやまあ、だから……（柵を指して）これか、まあこれよりもうちょっと狭いか……
椎名　え？
井手　（笑って）いや、それだったら超能力じゃないじゃないですか。
神田　ええ。
井手　（驚いて）え？
神田　いや、違いますよ。
椎名　違うんですか？
神田　超能力じゃないですよ。
椎名　ああ……。
筧　（笑って）いや、だったら、超能力をやってくださいよ。
神田　え？
井手　特技をやらないでくださいよ。

河岡　あなたあんまり勿体《もったい》ぶってると、もう一発、カメハメ波お見舞いしますよ？

皆、笑う。

筧　ワル悟空。

神田　いや……。

そこへ、早乙女、コンビニの袋を持って戻ってくる。

早乙女　ただいまー。

井手　神田さん来ましたよ。

筧　さっきから全然やってくれないんですよ。

早乙女　神田さん？

筧　ええ。

早乙女　……どなた？

筧　（驚いて）え？

井手　いやだから、六人目の。

早乙女　……六人目？

井手　ええ。

筧　……違うんですか？

早乙女　っていうか今、七人いるよ。

筧　え？

早乙女　ほら。（店内を指す）

椎名　……（気付いて）マスターも入れて、六人なんですか？

早乙女　うん。

井手　いや、マスター、エスパーじゃないじゃないですか。

早乙女　いやだって、秘密の出し物があるし。

井手　ああ……。

小山　え、じゃあ僕までで、全員なんですか？

早乙女　うん。

皆、神田を振り返る。

河岡　……あなた、誰ですか？

神田　ああ……神田ひろし。
筧　いやだから、何者なんですか？
神田　ああ……いやだからまあ、びっくり人間っていうか。
筧　（驚いて）びっくり人間？
神田　ええ、細男。
椎名　え、ただの、びっくり人間ですか？
神田　いや、だから、皆さんもびっくり人間なんですよねえ。
筧　いや、違いますよ。
神田　（驚いて）え？
井手　だから、エスパーですよ。
神田　……それはこう、含まれないんですか？
皆　いやいや。
筧　びっくり人間はただの人間じゃないですか。
椎名　エスパーはエスパーですよ。
神田　あー。じゃあ、別枠……。
筧　え、ってことはあなた、エスパーではないんですか？

神田　ああ……まあそうですねえ。
　皆、驚く。
早乙女　エスパーじゃない。
椎名　じゃあこう、ただ体が細い男ってことですか？
神田　ああ、まあだから、きわめて細い。
井手　いやだから、要するに、びっくり人間なんですよねえ。
神田　まあ、そう、ですねえ。
　皆、戸惑う。
神田　え、じゃあこれ、どういう集まりなんですか？
河岡　（神田に）え、なんで、入ってきたんですか。
神田　え？
筧　（入り口の扉を指して）クローズになってるじゃないですか。
神田　ああ、いやだからこう、中に皆さんが見えたんで、まあ、聞こうと思って。
椎名　開いてるかどうか。
神田　ええ。そしたらほら、招き入れられたんで。
皆、顔を見合わせる。
神田　（早乙女に）ってことは、やっぱり今日、貸し切りかなんか……。
早乙女　まあまあ、ねえ。
神田　エスパーパーティ。
早乙女　うん、うん。
神田　ああー、そうだったんですか。
エスパーたち、寄り集まって、相談をはじめる。
神田　（早乙女に）いやー、にしても、皆さん、すごいですよねえ。
早乙女　ああ……見ちゃった。
神田　いやもう、度肝抜かれましたよ。そうだ、これちょっと、写メとっていいすか。（携帯をとりだす）
皆　いやいやいや。
河岡　（神田に）あなた。これってやっぱりこう、人に言いたいですか？
神田　え？
筧　この特殊な体験を。
神田　ああ……いやまあそりゃ、言いたいですよ。
筧　言いたい。
神田　ええ。っていうか、もう言いますよそりゃ。
井手　「言う」で。
神田　ええ。
エスパーたち、険しい顔で、相談に戻る。
神田　……ちょっと、なんなんですか？
早乙女　（神田に）エスパーは、人にばれると生活できなくなるからねえ。
神田　え？
早乙女　今日もだから、秘密のパーティだったんだけど。

神田　ああ……。
小山　どうします？
筧　とりあえずこう、このまま帰られると、まずいですから。
井手　言いふらされますよねえ。
椎名　なんとか、口止めを。
小山　もうだって、言うって、宣言してますしねえ。
河岡　口止めで。
神田　（空気を察して）あの、っていうか、僕なんか、お邪魔みたいなんで、帰ります。
　神田、そそくさと帰ろうとする。
　皆、神田を、すばやく捕まえる。
皆　いやいや。
筧　ちょっと待ってください。
神田　え、いや……。
井手　ちょっとあの、ご相談が。
椎名　ええ。
筧　とりあえず、いったん座ってもらって。
皆　うんうん。
神田　ああ……。
　河岡、神田を座らせる。
神田　（河岡に）いや強い強い。あなた強いなあ。
　皆、神田を取り囲むようにして、集まる。
筧　えー、あなたその、見ましたよねえ。
神田　え、何をですか？
椎名　僕らの能力を。
神田　ああ……いやだって、見せてくれたじゃないですか。
井手　だから、見ましたよねえ。
神田　まあまあ、見……ましたねえ。
筧　それであの……僕らそのことを人に言われると、非常に困るんですよ。

神田　え？
椎名　こうまあ、普通に、暮らせなくなる、っていうか。
神田　ああ……。
小山　（笑って）さすがにエスパーは、シャレにならないですもんねえ。
皆、笑う。
河岡、神田を押さえ続けている。
神田　（河岡を指して）この人さっきから、強いなあちょっと。
椎名　いや……。
筧　それであの、約束してもらいたいんですよね。
皆　うんうん。
筧　このことをこう、誰にも言わないっていう。
神田　ああ……その、他の人に。
筧　ええ。
井手　こう、心にしまっといてほしいんですよ。
椎名　なんならもう、忘れてもらって。
皆　ええ。
神田　ああ……それを、約束。
河岡　どうですか。
神田　ああ……じゃあ、わかりました。言いません。約束します。
井手　……本当ですか？
神田　ええ。いやだって、言うとまずいんでしょ。
井手　ええ。
神田　じゃあ言いませんよ。
井手　ああ……。
神田　もう、今後一切。
早乙女　……と、言っときながら言うでしょ。
神田　いやだから、言わないですよ。だって、言われたら困るんでしょ？
皆　まあまあ。
神田　じゃあ、言いません。
筧　（椎名に）見てみて。
椎名、集中する。

神田　……なんですか？
筧　どう？
椎名　ゴシック体で「言う」っていう二文字がこう、すごい大きく。
神田　いや、ちょっと！
井手　言うじゃないですか。
神田　読まないでくださいよ。
筧　言う気満々じゃないですか。
河岡　（詰め寄って）あなた今、僕らをだまそうとしたんですか？
神田　いや、あの違うんですよ。あぁじゃあ、もう、ホント言いません。誓います。
筧　誓う。
神田　ええ。（椎名に）こうほら、もう一回見てくださいよ。
椎名　ああ……。
神田　もう、完全に心を入れ替えましたから。

椎名、集中する。

神田　どうですか。（椎名に目で合図を送る）
椎名　……こう、僕に向けて五千円札が。
神田　いやちょっと。
井手　買収しようとしてるじゃないですか！
筧　あなたまたウソついたんですか？
神田　なんで言うんですか。
小山　しかも五千円って。
筧　（怒って）あなたねえ、エスパーを怒らせるほどつまんないことないですよ。
神田　ああ、すいません。
河岡　殺しますよ。
神田　いや、殺すってちょっと。
早乙女　けっこう、シビアな問題だから。
筧　僕らホントに、言われると、困るんですよ。
椎名　冗談じゃないんですよ。
井手　自分に置き換えて、考えてみてください。
神田　……（思いついたように）あのね、っていうか、こう……。

神田、立ち上がり、歩き出す。
そして、そのまま、スーッと逃げようとする。

椎名 いや……。

皆、神田を捕まえる。

神田 放せこら。
筧 あなたこざかしいですねえ。
井手 なに、ぼんやり加速してるんですか。
早乙女 これは、どうしたもんかねえ……。
筧 っていうかもうこれ、話し合う余地、ないんじゃないですか？
河岡 エスパーが軽んじられてますからねえ。
神田 いや……。
井手 とりあえずじゃあ、僕らのほうで相談してみます？
小山 なんかこう、別の方法を。
河岡 別の処分を。
神田 処分！
筧 （奥の席を指して、神田に）あなたじゃあ、あそこに座っててください。
神田 ああ……。

河岡、強い力で、神田を奥の席へ連れていく。

神田 いやだから、強いですよ。
井手 いったん、そこで待っててください。
神田 あの！……かなり、反省したんですけど。
筧 いや、うるさいですよ。
神田 ああ……。

エスパーたち、テーブルに集まって、相談を始める。

椎名 とりあえず、口止めは、難しそうですよねえ。

皆　うーん。
井手　なんとかして、言えないような状況に、もっていく、みたいな。
小山　いやだけど、方法、あります？
筧　こう、なんか、記憶を消すとか、できればいいんですけど。
皆　うーん。
河岡　それじゃあ、僕が。
皆　？
井手　どうするんですか？
河岡、立ち上がり、神田のほうへ歩み寄る。
そして、神田の頭に手をかざす。
神田　（驚いて）いやちょっと！
椎名　（慌てて）いや……。
皆、慌てて河岡を止めにいく。
筧　その人を消すんですか!?
河岡　ええ。
井手　さすがにそれはまずいでしょう！
河岡　ああ……。
神田　（泣きそうになって）何するんですか。
椎名　どうなるイメージだったんですか？
皆、席に戻ってくる。
早乙女　乱暴ものだねえ。
小山　（早乙女に）死人が出るとこでしたねえ。
神田　（皆に）っていうかね。これ、勘違いしたのは、むしろそっちじゃないですか。
井手　（河岡に）あんなこと言ってますよ。
河岡、立つ。
神田　嘘です。すいません。

河岡、座る。

筧　これね、例えば井手さんの能力でこう、脳の中をいじるとかって、できないんですか？

井手　どういうことですか？

筧　こうほら、脳の中って、電流が流れてるっていうじゃないですか。

椎名　あー。

筧　だからこう、それを操作して、記憶をいじったりとか。

井手　ああ……いやでもさすがにそれは、やったことないんで……。

河岡　いや、けど、案外、できるんじゃないですか？

井手　ああだけど、例えばゲームボーイなんかでも、ちょっと変なことしようとすると、すぐこう、バグったりするんですよ。

筧　ああ……。

井手　だから、それを考えると……。

椎名　バグったら、まずいですよねえ。

早乙女　ゲームボーイよりは複雑っぽいからねえ。

神田　バグるって、なんですか。

河岡　（無視して）バグってもいいんじゃないですか？

神田　バグるってなんすか！

小山　じゃあこう、椎名さんのテレパシーで、あの人の心の中をビシバシ言い当てて、こう、発狂に追い込む、みたいな。

河岡　さとるの化け物みたいに。

小山　ええ。

椎名　いやだから、発狂したら、まずいじゃないですか。

小山　ああ……。

筧　割とひどいこと言いますねえ。

河岡　じゃあ、筧さんの透視で、ガンとか発見できないんですか？

筧　いやだから、見つけたところで今死なないじゃないですか。

河岡　あー。

筧　わかんないし。

井手　（小山に）これじゃあ、タイムストップで、あの人の時間だけ、ずっと止めとく、みたいな。

小山　いや、できないですよ。

井手　ああ……。

河岡　僕のだったら、それ、できますけどねえ。

椎名　いやだから、それは殺すってことじゃないですか。

筧　比喩は、いいですから。

神田　（いたたまれなくなって、皆に）あの。

井手　なんですか？

神田　一応その……人権、ありますよねえ？

筧　だから座っててくださいよ。

神田　ああ、すいません。（座る）

河岡　人権、あんまりないですよ。

神田　いやちょっと。

早乙女　（思いついて）じゃあ、あの人に、なんか超能力を、身につけさせるっていうのはどうかねえ。

小山　え？

早乙女　そしたらほら、あの人もエスパーになるし。

小山　あー。

椎名　それは、どういうことですか？

早乙女　こうほら、みんなと、同じ立場になってもらえば。

椎名　ああ……。

筧　いやだけど、そんな教えてできるもんでもないですから。

井手　持って生まれたもんですからねえ。

小山　いやだけど、僕も、子供のころ自分で練習して、だんだんできるようになったんですよ。こう、超能力番組を見て。

椎名　あー。

小山　だから、ひょっとしたらあの人にも、潜在能力があるかもしれないですし。

河岡　細男に？

皆、神田を見る。

小山　……まあだから、可能性はわかんないですけど。

早乙女　でもねえ、ひょっとしたらってこともあるしねえ。

小山　ええ。

椎名　ああ……。

早乙女　もしできるようになったら、神田さんも仲間入りでしょう。

筧　仲間っていうか、あいつ、嫌ですけどねえ。

皆　うーん。

井手　じゃあ、とりあえずやってみます？

椎名　超能力を、身につけてもらう、と。

皆、立ち上がり、神田の前に並ぶ。

筧　……（神田に）どれができそうですか？

河岡　フィーリングで。

神田　いや……どれを選べというんですか。

河岡　え？

神田　できるわけないじゃないですか！

井手　あなた、まだ協力しないつもりですか？

筧　あなた本当に帰れなくなりますよ。

神田　いやだって、（早乙女を指して）この人も、エスパーじゃないんでしょ。

早乙女　え？

神田　この人はいいんですか？

井手　マスターのことはいいんですよ。

椎名　マスターは特別なんですよ。

神田　そのポジションはどうやって獲得できるんですか。

筧　いいから選んでくださいよ。

井手　ええ。

河岡　ドラゴンボールのあらゆる技をお見舞いしますよ？

筧　ほら。

神田　ああ……。

神田、自分のほっぺたをつねる。

井手　いや夢じゃないですよ。

椎名　現実ですよ。

神田　ああ……。

早乙女　どれが一番できそう？

神田　えー、じゃあ……透視で。
筧　いや、なんでですか！
神田　怒られた！
河岡　まあとりあえず、一番難易度は低いですしねえ。
井手　ええ。
筧　だから、できないじゃないですか。
椎名　いや、今はいいじゃないですか。
神田　透視でいきます。
井手　ええ。
筧　あなた、これでできなかったら承知しないですよ。
神田　なんでキレてるんですか。
早乙女　（皆に）透視だったらねえ、私いいもの持ってるよ。
椎名　なんですか？
早乙女　ＥＳＰカードっていう、透視用のカードなんだけど。
井手　あの、丸とか三角の……。
早乙女　うん、ちょっと待ってて。

早乙女、奥の部屋へ。

小山　……なんで持ってるんですかねえ。
神田　すいません、僕もじゃあ、先、トイレに。
筧　（怒って）え？
神田　いやいや、トイレぐらいいいじゃないですか。
河岡　大は駄目ですよ。
神田　いや、なんでですか。
筧　だから早く行ってくださいよ。
神田　ああ、はいはい。（変な言い方で）はい。
井手　……最後の「はい」、なめてなかったですか？

河岡、手をスッと構える。

神田　ああ、すいません。

神田、慌ててトイレへ。
皆、席に戻る。

小山　……大変なことになっちゃいましたねえ。
椎名　ええ。
筧　まさか、びっくり人間が紛れ込むなんて、思わないですよねえ。
井手　しかも全然びっくりしないですからねえ。
椎名　ええ。
河岡　細いだけ。
筧　よくあれでびっくり人間って、名乗れますよねえ。
井手　ええ。
椎名　堂々と。
小山　僕らはねえ、名乗るわけにはいかないですけど。

皆、沈黙。

井手　椎名さんは、普段、あんまり使わないんですよねえ。
椎名　ああ……。
小山　そうなんですか?
椎名　普通まあ、人って、それなりに、悩みがあったりするんですけど。それをうっかり知っちゃったときに、すごい、もてあますっていうか。
井手　ああ……。
椎名　別にこう、何かできるってわけでもないですし。
小山　そっか、助けてあげるわけにも。
椎名　そうなんですよ。
筧　まあ、僕らの場合は、そういうこともあって、やっぱなかなか、使うのためらっちゃうんですよね。こうほら、もし女子トイレ覗いて、なかで女の子が倒れてた場合、どうすることもできないですから。
小山　ああ……。
河岡　そこらへんは、僕らにはないことですねえ。
椎名　そういうこともあって、普段は、そうそう使わないように。

筧、何かに気付き、トイレへと走り出す。

小山　……どうしたんですか?
椎名　筧さん?

筧、トイレのドアを開ける。
トイレの中では、神田が小窓につっかえている。

井手 あっ。

筧、神田を小窓から引っ張り下ろす。

神田 ああ……。

筧 ……(神田に)何してるんですか?

神田 ああ、いやまあちょっと、(小窓の外を指して)小銭が。

筧 いや、落ちるわけないじゃないですか。

神田 ああ……。

エスパーたち、集まる。

井手 逃げようとしてたんですか?

筧 透視したらこう、窓につっかえてたんですよ。

小山 危ないところでしたねえ。

筧 ほら。(神田をトイレから出す)

神田 ああ……。

河岡 (神田に)あなた、トイレに行くって言ってましたよねえ。

神田 ああ……ええ。

井手 また逃げるつもりだったんですか?

神田 いや、逃げるとかそんな。

筧 窓から脱出するつもりだったんですよねえ。

神田 ……イエス。

井手 なんで英語なんですか。

筧 あなた、往生際悪いですねえ。

早乙女、ESPカードを持って、戻ってくる。

早乙女 どうしたの?

椎名 神田さんが、逃げようとしてて。

早乙女 ええ?

小山 こう、トイレの窓から。

早乙女　ああ……。
筧　（皆に）どうします？
井手　これはちょっともう、無理なんじゃないですか。
河岡　殺しますか。
神田　いや……。
筧　秘密どうこうっていうより、こいつ、腹立つんですよね。
神田　あの、すいません！　本当にもう、二度とこんなことは。

神田、土下座する。

椎名　もろに土下座してますねえ。
神田　許してください。
筧　あなた、それ本当ですか？
神田　僕に透視を教えてください！
小山　変わり身早いですねえ。
筧　びっくりしますよねえ。
早乙女　ちゃんと真面目に練習する？
神田　もう、本当に心を入れ替えて。
井手　やる気あるんですか？
神田　あります！
河岡　できるんですか？
神田　できます！
筧　（怒って）だからできないですよ。
神田　どうしたらいい！
筧　だから軽く言うからですよ。
神田　ああ……。
井手　っていうか、この人もう、細男ですらないですからねえ。
椎名　つっかえて。
小山　めちゃくちゃ不恰好でしたよねえ。
筧　（神田に）ほら。
神田　……はい？
筧　だから、透視の練習を。
神田　（元気に立ち上がって）はい！
筧　いや、許してはないですよ。
神田　ああ……。

井手　なんで、弟子みたいになってるんですか。
神田　ああ……。
　皆、神田をつれて、席に戻る。
河岡　次逃げたら、普通に殺しますからね。
井手　ナイフとかで。
神田　ああ、すいません。
小山　（早乙女に）持ってきたんですか？
早乙女　うん、これなんだけど。（ESPカードを見せる）
小山　ああ。
筧　ほら。（神田を座らせる）
神田　ああ、はい。
　河岡、神田をイスに押さえつける。
神田　強いなあ、相変わらず。
井手　（早乙女に）なんでこれ、持ってるんですか？
早乙女　いやまあ、私もちょっと練習しててねえ。
井手　ああ……。
椎名　マスターもエスパーになりたいんですか？
早乙女　まあまあ。（神田に）五種類のカードがあって、これをこう、順番に当てていくんだけど。
神田　ええ。
　早乙女、ESPカードを裏向きに並べる。
早乙女　じゃあ全神経を集中させて、見えることをイメージして。
筧　いやだから、僕が教えますから。
早乙女　ああ。
神田　（筧に）どうすればいいんですか？
筧　ああ……こう、全神経を集中させて。
井手　いや、一緒じゃないですか。
筧　それしか言いようがないんですよ。
小山　（早乙女に）合ってましたねえ。
早乙女　うん。

河岡　（神田に）これもしできなかったら、殺しますよ。
神田　いやちょっと。
椎名　そんなプレッシャー与えても。
神田　この人の遠くがいいです。
筧　いいから集中してくださいよ。
神田　ああ……。
　神田、やってみる。
筧　いいですか？
神田　ああ……ええ。
筧　じゃあ、こう順番に。
神田　えー、（筧に）三角……
筧　いや、さぐらないでくださいよ。
神田　ああ……じゃあ……（カードをめくると同時に）三角。四角。
　しかし、カードは「○」。
井手　いや、二個言わないでくださいよ。
筧　しかも違うじゃないですか。
椎名　丸ですよねえ。
神田　ああ……（河岡を気にしつつ）いやだけど、こう、囲み系だな、っていうのは、なんとなく見えたんですよ。
河岡　え？
神田　こうだから、閉じてるエネルギーっていうか、そういう……
筧　いや、いいから次いってくださいよ。
神田　ああ。……（二番目のカードを指す）これは……。
筧　（イラッとして）っていうかとりあえず、グラサンはないでしょう。
神田　ああ、すいません。（サングラスを外す）
井手　横着《おうちゃく》ですよねえ。
筧　あなた、透視なめてるでしょう。
神田　いや、だから忘れてたんですよ。
椎名　っていうか、なんで夜にサングラスしてるんですか。

井手　なに気取りなんですか。
神田　いや、だからこう、目印っていうか。
筧　目印？
神田　ええ、こう、待ち合わせの。
井手　え？
椎名　誰かと待ち合わせしてるんですか？
神田　ああ……ええ。
井手　誰とですか。
神田　ああ、だからそのまあ、ＡＤさんっていうか。
早乙女　ＡＤさん？
神田　ええ、その、「あすなろサイキック」の。
筧　（驚いて）あの、正月特番の。
神田　ええ。
椎名　あれに出るんですか？
神田　ええ。まあだからこう、僕の技を見にくるっていうか……。
筧　いや……。
小山　（驚いて）え、じゃあ、ここに来るってことですか？
神田　ああ……ええ。
椎名　この店に？
井手　テレビ局の。
神田　まあ、ええ。

皆、騒然とする。

筧　なんで先に言わないんですか！
神田　いや、だから言うタイミングもなかったじゃないですか。
河岡　あなた本当に、燃やしますよ。
神田　いや、なんでですか。
早乙女　マスコミが来ちゃ、まずいよねえ。
神田　ああ……。
井手　しかも超能力番組ですからねえ。
椎名　何時に待ち合わせなんですか？
神田　ああ、いやだから八時ですけど。
椎名　（時計を見て）え？
井手　いや、とっくに過ぎてるじゃないですか！

神田　ええ……。
筧　とりあえず早く断ってくださいよ。
神田　え？
筧　だから電話かなんかで。
神田　ああ……。（電話を出す）
小山　これ、まずいですよねえ。
井手　一番来ちゃダメな人種ですからねえ。
小山　（すごく慌てて）絶対まずいですよねえ！
椎名　いや、パニクりすぎですよ。
河岡　僕らをじゃあ、それと勘違いしてたんですか。
神田　（手を止めて）そうなんですよ。
筧　いや、だから早くかけてくださいよ。
神田　ああ……。

そこへ、扉が開く。
おずおずと、入ってきたのは、ＡＤ桜井である。
「あすなろサイキック」の、スタッフジャンパーを着ている。

皆　……！

皆、桜井に気付き、フリーズする。

筧　……（桜井に）はい。
桜井　どうも。今日ってここ……。
筧　ああ……。

神田、桜井に、サングラスをアピール。

椎名　いや……。
桜井　（神田に気付いて）神田さん！
神田　神田です。
桜井　あー、どうもー！
神田　「あすなろサイキック」の。
桜井　桜井です。
神田　どうぞ、よろしくお願いします。

二人、挨拶。

神田　ちょっと、遅いですよー。
桜井　ホント、申し訳ないです！

神田、勝ち誇った表情。
エスパーたち、戸惑う。

桜井　（扉を振り返って）今日ってここ、開いてるんですか？
皆　？
桜井　あの、開いてないんだったら、どっか……
筧　（とっさに）開いてますよ。
皆　ええ。
桜井　え、でも……。（扉を指す）
椎名　（筧に合わせて）表のあれ、よく裏返るんですよねえ。
井手　風で、すぐ裏返るんですよ。
河岡　クローズに。
桜井　そうなんですかー。

筧　あれが紛らわしいんですよね。

皆、笑う。

桜井　どうもはじめまして、桜井です。

皆、挨拶。

早乙女　あの、テレビ局の。
桜井　そうです。
早乙女　あー。
桜井　今日ってじゃあ、パーティかなんか。
井手　まあ、そういう感じですかねえ。
皆　うんうん。
筧　みんなここの常連で。
椎名　クリスマスパーティ、みたいな。
桜井　あー。

桜井、テーブルを見る。

テーブルには、ＥＳＰカード。

寛　（ＥＳＰカードを指して）じゃあ、ウノ片付けますか？

椎名　そうですね。

河岡　ドイツのウノ。

井手　カード足りないにもほどがありますからねえ。

皆、笑う。

小山　五枚しかないって、ちょっとねえ。

神田　（桜井に）じゃあとりあえず、先に公園に行ってみます？

桜井　ああ……。

エスパーたち、戸惑う。

神田　もう、すぐそこなんで。

寛　（焦って、桜井に）なんですか？

椎名　公園？

桜井　（神田に）なんか、ちょうどいい幅の柵があるんですよねえ。

神田　ええこう、池の周りの、ギリギリの幅の。

椎名　細男の。

桜井　そこで、見せてもらうことになってて。

椎名　ああ……。

神田　じゃあもうほら、行きましょう。

エスパーたち、慌てて引き止める。

寛　いやいや、まだいいんじゃないですか？

井手　来ていきなり、技見せられてもねえ。

神田　いやもう、度肝抜きますから。

桜井　（期待して）ホントですか？

河岡　っていうかね、（早乙女に）柵なんて、ありましたっけ。

早乙女　……あれ、もうなかったよ。

皆　はいはい。

桜井　ないんですか？
神田　いやいや、あるでしょう。
井手　あれたしか、撤去になったんですよね。
皆　うんうん。
筧　別にいらないんじゃないか、みたいなことになって。
神田　いやいやだって、僕来たとき、ありましたから。
椎名　なんか、ついさっき、撤去になったんですよね。
皆　うんうん。
小山　さっきねえ、作業員の人が、持って、通ってましたからねえ。
筧　こういう感じで。（柵を持っていく動き）
桜井　もうじゃあ、今ないんですか？
早乙女　もう跡形もないんじゃないかなあ。
河岡　この町にもう、柵はないんじゃないですかねえ。
桜井　ええ？
井手　そういう地区になってるんですよ。
筧　っていうか、（トイレの横の柵を指して）これでいいでしょう。
皆　あー。
井手　いっつも、よくこれでやってますからね。
椎名　ここが、ホームグラウンド、みたいな。
筧　（神田に）いいですよねえ？

皆、神田を見る。

神田　……じゃあ、それで。
皆　はいはい。

皆、神田を、店の中に連れ戻す。

桜井　（早乙女）いいんですか？
早乙女　もうねえ、今日なんて、貸切みたいなもんですから。
筧　じゃあ。

皆、そのままの流れで、神田を、柵に通そうとする。

神田　（柵にグイグイ押し付けられて）いや、ちょっと！
桜井　あの、いきなりは……。
筧　え？
桜井　まずは、お話から、うかがいたいんで。
皆　あー。
井手　まあまあ、そりゃそうですよね。
桜井　（神田に）そんな、大勢じゃないとできないもんなんですか？
神田　いえいえ、一人で、充分です。
　桜井と神田、席へ。
　エスパーたち、「まずいな」というムード。
桜井　（扉を指して、早乙女に）あれって、クローズになってるんですけど、いいんですか？
早乙女　ああ、あれはまあねえ、いいんですよ。
桜井　ああ……。
井手　（早乙女を指して）めちゃくちゃ面倒くさがりなんですよ。
河岡　堕落マスター。
筧　もうだって、店の名前からしてこう、客呼ぶ気ないですもんねえ。
桜井　ああ、（早乙女に）変わった、お名前ですよねえ。
早乙女　ええ？
桜井　カフェ・ド・念力。
早乙女　あー、変わってるでしょ。
桜井　なんか、由来とかあるんですか？
早乙女　（困って）まあまあ、あれはねえ。私の……
椎名　（同時に）苗字なんですよ。
井手　（同時に）名前なんですよ。
桜井　……どっちなんですか？
早乙女　……念力念力といいます。
桜井　（驚いて）ええ!?
河岡　珍名さん。
井手　野比のび太みたいなもんですよねえ。
早乙女　ええ。
河岡　ガリレオ・ガリレイみたいな。

筧　（すかさず）桜井さんはなんておっしゃるんですか？
桜井　ああ……私もまあ、「桜井米《よね》」って、いうんですけど。
椎名　米さん。
桜井　漢字で「米」って、書くんですよ。
椎名　（わざとらしく）あー。
小山　それも結構変わってますよねえ。
皆　うんうん。
筧　なんかお婆ちゃんみたいですもんねえ。
井手　っていうか、そっちのほうがよっぽど珍名じゃないですか。
桜井　そうですか？
筧　桜井米なんて、聞いたことないですよねえ。
河岡　「あすなろサイキック」、出れるんじゃないですか。

皆、笑う。

桜井　いやあの、べつに珍名では出れないんで。
椎名　打ち合わせ、いいんですか？
桜井　ああ。（神田に）すいません。
神田　いえ。……もうちょっと、食い込んでもらっても、よかったのに。
桜井　（神田に）じゃあ、これ一応、名刺です。（名刺ケースから、名刺を渡す）
神田　（受け取って）ああ……「桜井米」さん。
桜井　よろしくお願いします。
神田　今日ってじゃあ、僕以外にもいろいろ会ってたんですか？
桜井　そうなんですよ。神田さんで一応、最後なんですけど。
神田　あー。……ちなみに、他のかたって、みなさんすごいんですか？
桜井　あー、さっき会ったかたは、結構、すごかったですよ。
神田　へー。
桜井　へっちゃら男、っていって、何をされてもへっちゃらなんですよ。
神田　へっちゃら男。
桜井　鉛を呑んだり、毒グモに、刺されたりとか。
神田　毒グモ!?
桜井　かなり凶暴なやつをこう、自分の首筋を刺させるみたいな。
神田　荒技ですねえ。
筧　神田さん、負けるんじゃないですか？
皆、笑う。
河岡　へっちゃら男に。
神田　いやいや。そんなのただの我慢強い奴でしょう。
桜井　（皆に）それで、そう。最後、そのクモがいなくなっちゃったんですよ。
椎名　毒グモがですか？
桜井　そうなんですよ。へっちゃら男さんの部屋だったんですけど、だからもう、死ぬ思いでそっこら中探しまくって。
井手　危ないですよねえ。
桜井　めちゃくちゃ怖かったですよー。だって、刺されたりしたら、ねえ。
筧　それで遅くなった、と。
桜井　そうなんですよ。本当すいません。
神田　いやもう、事情が事情ですから。
早乙女　（緊張して）ご注文は。
桜井　ああ。（神田に）どうされます？
神田　いやもう、胸が一杯で。
桜井　ええ？
神田　どうぞ。
桜井　ああ……じゃあああの、コーヒーで。
早乙女　コーラ。
桜井　（戸惑って）いや、コーヒー……。
早乙女　（慌てて）ああ、コーヒー。
桜井　ええ。
早乙女　かしこまりました。（カウンターへ）
筧　（小声で）緊張で耳が遠くなってますねえ。
井手　（小声で）あれ怪しまれますよねえ。

桜井　（神田に）じゃあ、すいません。ちょっと、お手洗いに。

神田　（エスパーたちを気にしつつ）ああ……。

桜井、トイレへ。

エスパーたち、神田をにらむ。

桜井がトイレに入った瞬間、神田、土下座する。

神田　本当すいません。

筧　あなたなんなんですか？

井手　さっき逃げないって言いましたよねえ。

神田　すいません。

河岡　あなた本当に、来世も殺しますよ。

神田　いや、そんな能力はないはず。

小山　（皆に）これだけど、どうします？

椎名　とりあえずもう、あのADさんに帰ってもらわないことには。

皆　うんうん。

井手　いまや、そっちが優先ですからねえ。

筧　（神田に）あなた、できるだけ早く、取材済ませてください。

河岡　身のためですよ。

神田　わかりました。

桜井、トイレから出てくる。

椎名　（話を切り替えて）ストレッチ終わったんですか？

神田　え？

河岡　筋、痛めますからねえ。

井手　念入りにね。

桜井　準備運動ですか？

椎名　ええ。

筧　（神田に）神田さん気合入っちゃって。

神田　（ストレッチの動きをしつつ）いつでもいいですよ。

小山　（桜井に）出てくるの、早かったですね！

桜井　手洗っただけなんで……。

小山　あー。
筧　お行儀いいですねえ。
井手　まずは、お話からですよね。
河岡　ほら。（神田をそっと起こす）
神田　ああ……優しい。

桜井・神田、奥のテーブルに座る。

桜井　（神田に）みなさん、仲いいですねえ。
神田　まあ、応援はされてますよね。

早乙女、コーヒーを運んでくる。

早乙女　お待たせしました。
桜井　ああ。
早乙女　ちょっとね、ぬるいですけど。
井手　だいたいぬるいですよねえ。
筧　事前にいれすぎなんですよ。

桜井、神田に、取材を始める。

桜井　まず、じゃあその、神田さんの、細男っていう技について、お聞きしたいんですけど。
神田　えー、そうですねえ、……っていうかこれ、見すぎでしょう。

エスパーたち、二人を囲んでいる。

桜井　（戸惑って）あの、皆さんは、パーティしててください。
皆　いやいや……。
井手　パーティの一環として、見てるみたいなことなんですけど。
椎名　盛り下がってたとこなんで。
桜井　やっ、でも、ちょっと……。
筧　ジャマですか？
桜井　そうですねえ。できれば、二人にさせてください。
皆　あー。

桜井　緊張しちゃいますんで。パーティ、戻っててください。

筧　じゃあ、パーティ、しますか？

皆、しぶしぶ、席に戻る。

河岡　あんまり盛り上がらないですけどねえ。

桜井　すいません。

皆、散り散りになりつつも、二人の会話に、耳をそばだてている。

桜井　（メモを取りつつ）最初に、ご自身の能力に気付いたのって、いつごろだったんですか？

神田　ああ、まあそうですねえ、……そもそも僕、生まれた時から未熟児だったんですよ。

桜井　はー。そうなんですか。

神田　体重がもう、千八百グラムしかなくて。

桜井　少ないですねえ。

神田　医者からは「奇跡の子供」って呼ばれてたんですよ。

桜井　奇跡の子供。（メモする）

神田　ええ。千八百グラム。

桜井　千……八百ですね。（メモする）

井手　（小声で）生い立ちから語ってますねえ。

小山　（小声で）時間、かせごうとしてるんですかねえ。

筧　（河岡に）ちょっと、あいつにプレッシャーかなんか。

河岡　ええ。

神田　それで、五歳の時に、はしかにかかって、さらにこう痩せたんですよ。

桜井　どんどん痩せ細っていきますねえ。（メモをとる）

神田　ええ。しかも七歳の時に、

河岡、神田に、スッと手をかざす。

神田　（気付いて）!!

桜井　……どうしたんですか？
神田　……そんなこんなでもう、今にいたると。
桜井　ええ？
神田　もうそこからは、スーっときたんですよ。
桜井　ああ……。
小山　（小声で）さすがですねえ。
神田　っていうかじゃあ、先に、技、見てみます？
桜井　ああ……。
神田　そのほうが多分、わかりやすいと思うんですよ。
筧　（強引に）そうしましょっか。
河岡　見るのがもう、いっちばん手っ取り早いですから。
神田　ですよね。
桜井　じゃあ、お願いしていいですか。
神田　ええ。（柵を指して）じゃあそこで。
桜井　ああ。

神田、柵の近くに移動する。

小山　一度見てみればわかりますしねえ。
河岡　ヘボさが。
神田　いや、やめてくださいよ。
桜井　（神田に）じゃあ、すいません、ビデオも撮らせてください。
神田　ああ、ビデオ。
桜井　ディレクターに、見せるアレなんで。
神田　はいはい。

エスパーたち、当惑する。

筧　撮るんですか？
桜井　最終的には、ディレクター判断になっちゃうんですよ。
筧　ああ……。
椎名　出れるかどうか。
早乙女　ってことは、ここが正念場だね。

皆、笑う。

河岡　これによって、運命が決まると。
神田　（自分の動くエリアを示して）だいたいもう、この辺で動きますんで。
桜井　了解です。
　エスパーたち、さりげなく、カメラに映らない位置に移動。
桜井　……別に映ってもいいですよ。
皆　いやいや。
椎名　みんなカメラ苦手で。
河岡　魂が抜かれる説を、信じてますからねえ。
早乙女　神田さんを撮ってあげてください。
桜井　ああ……。
神田　じゃあ、いきますよ。
桜井　（カメラをいじりながら）あっ、……ちょっと待ってください。
神田　はいはい。
　桜井、カメラをあれこれ、手元でいじる。
小山　……どうかしたんですか？
桜井　いや、ちょっと映んないんですよ……。
小山　ああ……。
椎名　（気付いて）カバー。
桜井　え？
椎名　それ。
　見ると、カメラのレンズにカバーが付いている。
桜井　（気付いて）あっ。（外して）失礼しましたー。
　皆、笑う。
河岡　おっちょこちょい。
桜井　もう本当、よくやっちゃうんですよ。（神田に）すいません。じゃあ、どうぞ。
神田　ああ。

桜井、ビデオを回す。

神田 ……あっ、もういいですか？

桜井 いつでも。

神田、ウォーミングアップから入る。

早乙女 （実況をはさむ）えー、大した技じゃないですが、まずは準備運動から。

神田 ちょっと、そういうの、やめてくださいよ。

桜井 あの、声、入っちゃうんで。

早乙女 ああ、そうですか。

桜井 じゃあ、お願いします。

神田、カメラを意識しつつ、さっきと同じように「細男」をやる。

神田 こうねえ、頭が入れば……。

神田、柵の間を通り抜ける。

神田 以上、細男でした。

桜井 （驚いて）えっ、そういう感じなんですか？

神田 ええ。

桜井 あー……。

神田 なんですか。

桜井 （笑って）そうですよねえ！

神田 ？

桜井 そんな、その下とかねえ。無理ですよねえ。

桜井、柵の下の、すごく細くなっている部分を指す。

神田 え、ここですか⁉

桜井 いや、そうかなーっと。

神田 無理でしょう、こんなの！

桜井 （笑って）ねえ。

井手　あそこだと思ってたんですか？
桜井　いや、なんか、かなり自信満々だったんで。
神田　いやそりゃまあ、自信はありますけど……一反木《いったんも》綿《めん》じゃないんですから。
桜井　（笑って）ですよねえ。
神田　まあだから、ここか、これよりもうちょっと狭いかですよ。
桜井　わかりました。ＯＫです。

桜井、カメラを閉じる。

河岡　あら、これは、やばいんじゃないですか？
筧　思ったよりも、これ。
神田　（焦って）あの、もうちょっと狭いのだったら、いけますけど。
桜井　いやっ、もう大丈夫です。
皆　あららら？
神田　とりあえずじゃあ、もういっぺん、見てくださいよ。
桜井　いやっ、もう。
皆　（残念そうに）あー。
桜井　撮れたんで。ありがとうございました。
河岡　これは、限りなく不合格に近いですよ？
皆　うーん。
桜井　いやいや、最終的には、ディレクター判断なんで。
神田　じゃあまた、インタビューで。
桜井　いえっ、もう、ＯＫです。
神田　あっ、インタビューも、なしで。

エスパーたち、神田をはやす。

桜井　とりあえずこれ、記念のボールペン、お渡ししときます。（ボールペンを渡す）
河岡　ボールペン！
皆　よっ！（拍手）
神田　（受け取って）ああ、ありがとうございます。
早乙女　いい記念になったじゃん。
桜井　（思いついて）あとそうだ。スタジオに観覧に来てもらえれば、ステッカーも、プレゼントしてますんで。
筧　ステッカー！
皆　よっ！（拍手）
桜井　ああ、でもそれは、観にきてもらわないと、ダメなんですよ。
皆　あー。
早乙女　残念。
井手　（嬉しそうに）まあまあ、しょうがないんじゃないですか。
河岡　またね、来世でがんばれば。
神田　来世、細いかどうか、わかんないでしょう。
小山　（小声で）とりあえずこれで、ADさんのほうは、大丈夫そうですよねえ。
椎名　（小声で）あとは、神田さんですよねえ。
そのとき、筧、桜井に話しかける。
筧　（桜井に）あのー。
桜井　はい？
筧　さっきおっしゃってた、毒グモの話なんですけど。
桜井　ええ。
筧　あれって、最終的に、見つかったんですよねえ。
桜井　なんでですか？
筧　いや、どうなったのかなーって思って。
桜井　いやあ、それが実は、見つかってないんですよ。
筧　あー……そうなんですか。
桜井　なんで、とりあえず私だけ、先に失礼してきたんですけど。
筧　へっちゃらに任せて。
桜井　そうなんですよ。
筧　ちなみに、そのクモって、何色なんですか？
桜井　色は、まあ、黒でしたけど。
筧　はいはい。
桜井　（慌てて）えっ、どっか、ついてます？
筧　いやいや、そういうわけじゃないですけど。ただ、気になったんで。
桜井　ああ。だから、私もちょっと気になってはいるんですけど。
筧　ご近所に逃げたりしたら、大変ですもんねえ。
桜井　そうなんですよ。
筧　じゃあ、ありがとうございました。
桜井　ああ……。

筧、話をやめて、席に戻る。

神田　……（桜井に）なんなんですかねえ。
桜井　さあ……。

筧、かなり動揺している。
エスパーたち、小声で話す。

井手　どうしたんですか？
筧　いやいや、あの……いるんですよ。
井手　いる？
筧　毒グモが。
小山　（驚いて）この店にですか？
筧　ええ。
井手　いや……。

エスパーたち、慌てて身のまわりを探す。

筧　いや、ここじゃないですよ！
小山　（慌てて）どこですか？　どこにいるんですか!?
筧　いやだから、パニクりすぎですよ！
桜井　どうしたんですか？
筧　（慌てて）あの、なんでもないです。
桜井　いや、だけど……。
筧　ちょっとあの、はしゃいだだけなんで。
桜井　ああ……。
筧　すいません。

筧、話を切って、向き直る。

井手　……いや、じゃあどこにいるんですか？
筧　あのだから、……ちょっと落ち着いて、聞いてほしいんですけど、（桜井を指して）あの人が着てる、スタッフジャンパーなんですけど。

小山　あそこに、いるってことですか!?

筧　ええ。

椎名　じゃあ、教えてあげないと！

井手　さすがにそれは。

筧　それがあの……名刺入れのなかなんですよ。

井手　ええ？

筧　いやだから、ジャンパーの内ポケットに、さっきの名刺入れが入ってるんですけど、その中にこうまあ、じっと潜んでる、っていう。

河岡　……どういうことですか？

筧　まあだから、あの人の名刺を確認しようとして、こう、偶然、見つけちゃった、っていうか。

椎名　え、じゃあ、透視で見つけたってことですか？

筧　うん。

椎名　ああ……。

筧　まあだから、アルミケースの中なんで、そんな今すぐどうこう、ってことじゃないんですけど、まあ、透視でしか見えない場所に。

皆　……。

筧　……どう、しましょう。

早乙女、カウンターから出てくる。

早乙女　なんかあったの？

井手　ああ……。

小山　筧さんが、毒グモを見つけちゃったらしいんですよ。

早乙女　（慌てて）どこに!?　どこに!?

筧　だからここじゃないですよ！

早乙女　ええ？

桜井、エスパーたちを気にする。

筧　はしゃいだだけです。

桜井　ああ……。（向き直る）

井手　（小声で早乙女に）あの人のジャンパーの、名刺入れのなからしいんですよ。
筧　こう、透視で見つけたっていう。
早乙女　ああ……。
小山　これだけど、本物だったら、まずいですよねえ。
椎名　間違いないんですか？
筧　うん、多分こう、へっちゃらの家で、紛れ込んだんだと思うけど。
井手　今も動いてるんですか？
筧　いや、今はじっと息をひそめてて。
小山　だけどこう、うっかり開けちゃったら、刺されるかもしれないですよねえ。
井手　っていうか、なにを見つけてるんですか。
筧　いやだって、これは不可抗力じゃないですか。
早乙女　しかも、ＡＤさんだからねえ。
小山　たとえばこう、前に、トイレ覗いて、女の人が倒れてた時はどうしたんですか？
筧　だから、覗いてないですよ。
小山　ええ？
筧　あれは、たとえですから。
小山　ああ……。
河岡　あるいはこう、あの人が「へっちゃら女」っていう可能性は、ないですかねえ。
椎名　いや、ないですよ。
早乙女　まあ、ありえなくはないけどねえ。
筧　いや、ありえないすよ。
早乙女　ああ……。
小山　どうします？
そのとき、桜井、帰り支度を終える。
桜井　（神田に）じゃあ、今日はどうもありがとうございました。
神田　ありがとうございました。
皆　！
桜井　結果はまた後日、お伝えしますんで。
神田　ああ……。
筧　（焦って）帰るんですか？
桜井　ええ。

井手　まだいいじゃないですか。
椎名　今日ってもう、これで終わりなんですよねえ。
小山　このあと、パーティとか。
皆　ええ。
桜井　いやだけど、今から局に戻んないといけないんですよ。
椎名　ああ……。
小山　お忙しいですねえ。
河岡　（とっさに、神田に）あの技。
神田　え？
筧　（河岡に合わせて）あれがありましたねえ。
椎名　（桜井に）まだ聞いてないですよねえ。
桜井　なんですか？
河岡　さらに、すごい技があるんですよ。
早乙女　あれは、びっくりするよねえ。
小山　細男なんかもう、目じゃないですよねえ。
桜井　そんなのあるんですか？
皆、神田に目くばせ。

神田　……まあ、あるっちゃ、ありますけど。
皆　おー。
井手　あれは、教えてあげるべきでしょう。
桜井　（興味を示して）ちょっとその話、聞かせてもらっていいですか。
神田　ああ……ええ。
桜井　どんな技なんですか？
神田　えー……まあまあ、「ローリングストーン」っていう技なんですけど。
皆　おおっ！
早乙女　ローリングストーン。
河岡　じっくり、語ってあげてください。
神田　はい。えー、ローリングストーン……
桜井、席に戻って、神田の取材を再開。
椎名　……早く、教えてあげないと。
小山　さすがに、命に、かかわっちゃいますよねえ。

河岡　透視、めんどくさいですねえー！
筧　いやだから、見たくて見たんじゃないですから。
井手　これね、普通に、ちょっとすそから覗いた、っていうのは、ダメなんですか？
筧　それはだって、内ポケットの、名刺入れのなかなんで。
椎名　さすがに無理がありますよねえ。
筧　うん。
早乙女　じゃあ、「見えたんだもん」って言い張るってのはどうかねえ。
井手　いや余計怪しいじゃないですか。
早乙女　ああ。
小山　じゃあこう、マスターが透視能力者だってことにして、あの人に教えるっていう。
椎名　いやだから、それはいっしょじゃないですか。
筧　イモヅル式にばれるじゃないですか。
小山　ああ……。
河岡　これってでも、要するに、クモを殺せばいいんですよねえ。
筧　まあまあ……。
河岡　じゃあ。……（桜井に、手をかざす）
皆、慌てて止める。
椎名　（慌てて）いや、駄目ですよ！
河岡　え？
筧　微妙な操作できないでしょう。
河岡　いやまあ、ぷちっと。
井手　カメハメ波と同じことになるじゃないですか。
河岡　ああ……。
小山　カメハメ波と、同じ動きでしたねえ。
早乙女　危なかったねえ。
桜井、エスパーたちを見ている。
筧　（気付いて）なんでもないです。
皆　ええ。
桜井　カメハメ波？

小山　下ネタです。
桜井　ええ？
椎名　続けてください。
筧　すいませんなんか、悪ノリしちゃって。
桜井　ああ……。（向き直る）
神田　えー、まあそれで、こう、スポーツバッグに入るんですけど、ただ入るだけじゃないんですよ。
小山　……危なかったですねえ。
井手　だいぶ叫んでましたからねえ。
早乙女　（小山に）下ネタ？
小山　いやまあ、とっさに。
筧　（気付いて）これだけど、そういうことですよねえ。
河岡　カメハメ波？
筧　じゃないですよ。要するにこう、教えなくても殺せばいいっていう。
井手　ええ。
筧　だからほら、小山さんの。
小山　ええ？
椎名　タイムストップ！
筧　こう、潰して帰ってくれれば。
井手　いけますよねえ。
早乙女　もう三十分経ってるしねえ。
小山　（焦って）いやいや、無理ですよ。
井手　え？
小山　いやだって、五秒しかないんですよ？
井手　五秒あったら余裕でしょう。
早乙女　潰して帰ってくるだけだから。
筧　一（動いて）、二（名刺入れを開けて潰して）、三（戻ってくる）で三秒じゃないですか。
小山　いやそれ、「二」が難しいじゃないですか。
井手　あと二秒、自由時間じゃないですか。
河岡　クモつぶして、キスできますよ。
小山　そんな余裕ないですよ。
筧　ほら。
小山　ああ……。
早乙女　小山君ならできるって。
小山　（仕方なく）わかりました、じゃあ、やりますけど。

河岡　おっ。
小山　その代わり、失敗するかもしれないですよ。
筧　大丈夫ですよ。
椎名　五秒あれば。
小山　ああ……じゃあまあ、いきますよ。
筧　ええ。

筧、桜井のほうを向き、透視する。
神田は、桜井のバッグに入って、説明している。

神田　もうだから、こういう感じで、道とかを、移動したりして。
桜井　ああ……。
神田　ちょっと、やってみましょうか。
桜井　いやあの、要するに、ただ、スポーツバッグに入って、転がる、ってだけなんですよねえ。
神田　まあまあ、そうなんですけど。

小山、「ふん!」と、力む。
時間が止まる。
が、小山、いきなりつまずいたりする。
慌てているうちに、あれよあれよで、五秒間が過ぎる。
再び、時間が動き出す。
小山、何もせず席に戻る。

桜井　そういうことなら、大丈夫です。
神田　あっ、そうですか?
筧　……(透視しつつ)まだですか?
小山　いや、まあ、一応終わったっていうか……。
筧　え?
椎名　成功したんですか?
小山　いや、まあ……。
筧　いや何も変わってないじゃないですか。
小山　すいません!
井手　失敗したんですか?
小山　いや、あと一歩のところまでは、いったんですけど。
筧　あなた五秒間なにしてたんですか。

小山　すいません。
井手　五秒あったらいけるでしょう。
椎名　まだ、いるんですか？
筧　同じ位置に。
河岡　テレポート、もったいないですねえ。
早乙女　また三十分待つのはちょっとねえ。
筧　（神田を見て）っていうか、あいつもそろそろ、もたないですよねえ。

神田、必死で話題をつないでいる。

神田　これを、子供のころから、やってたんですけど、こう、バッグに入ったまま、この辺の路地で遊んでたときに、（笑って）犬に、追いかけられたことがあるんですよ。
桜井　ああ……。
神田　もうだから、転がるように、犬から、逃げまくって。（ひとりで笑う）……みたいなエピソードも、披露できますけどねー。

井手　やばいですねえ。
小山　じゃあこう、パーティの流れで、野球拳にさそって、それでこう、ジャンパーを脱いでもらう、ってのは、どうですか。
筧　その流れ、おかしいでしょう。
井手　乱痴気騒ぎのノリに、持っていけないでしょう。
椎名　（気付いて）だけど、ジャンパーを脱いでもらう、っていうのは、アリなんじゃないですか。
筧　え？
椎名　こう、うまいこと脱いでもらって、マスターがそれを預かれば。
皆　はいはい。
早乙女　いや、だけどあれ、ずっと着てるよ？
井手　（思いついて）じゃあこれ、北風と太陽みたいに。
皆　あー。
椎名　童話の。
井手　ええ。こう、自ら脱いでもらう、みたいな。
筧　はいはい。
河岡　じゃあ、僕が大風を。（立ち上がり、手を天にか

ざす）

井手　（慌てて止める）いや違いますよ。

篁　だから目立つじゃないですか。

河岡　ああ……（座る）

椎名　北風負けたじゃないですか。

小山　太陽のほうですよねえ。

井手　ええ、だからこう、エアコンで、この店の温度を上げて、

河岡　あー。

篁　暑くして、脱がせると。

椎名　で、その瞬間に、マスターがジャンパーを預かれば。

皆　おー。

小山　いけそうですよねえ。

篁　よし、じゃあ、それでいきましょう。

皆　ええ！

篁　（早乙女に）リモコン、どこですか。

早乙女　あそこ。

リモコンは、桜井の目の前の壁にある。

椎名　……微妙な位置ですねえ。

井手　真正面ですねえ。

篁　じゃあ、マスター。

早乙女　私？

篁　さりげなく、温度を上げてきてください。

井手　こう、自然に。

篁　ええ。

早乙女　……（覚悟を決めて）刺し違えてもやってくるよ。

椎名　いや、ただ温度上げるだけですから。

早乙女、リモコンに近づいていく。

神田　（必死に話題をつないで）あと、僕、あれも通れるんですよ。ハンガー。

桜井　ハンガーだったら、私も通れますけど。

神田　おお、細女？

桜井　いやあの、結構、誰でも……。

早乙女、雑誌を読みつつ、片手でリモコンを連打。

明らかに、不自然である。

椎名　いや……。

桜井　……（早乙女に）何なさってるんですか？

早乙女　（慌てて）ああ……見られてしまいましたか。

桜井　え？

早乙女　下げときます。

桜井　ああ……。

早乙女、すごい勢いで、温度を下げる。

小山　ああ……。

井手　さっきより下げてますねえ。

早乙女　（桜井に）血迷いました。

桜井　ええ……。

早乙女、戻ってくる。

神田　あとこう、ハンガーを頭にはめるとこう、首が回るんですよ。

桜井　それってでも、能力関係ないですよねえ。

早乙女　（皆に）駄目だったよ。

筧　何やってるんですか。

井手　不自然すぎるでしょう。

早乙女　面目ない。

井手　なんであのやり方にしたんですか。

早乙女　舞い上がってしまって。

小山　これ、もう一回いくのはさすがに怪しいですよねえ。

早乙女　もう勇気がないです。

河岡　っていうか、井手さん、そこから上げられないんですか？

井手　え？

河岡　エレキネシスで。

小山　ああ！
筧　（手をかざして）これで！
井手　ああ……いやだけど、この距離で、エアコンですよねえ？
椎名　難しいですか？
井手　いやまあ、いけないこともないんですけど……。
筧　テレビを点けた井手さんじゃないですか。
皆　うんうん。
井手　まあじゃあ、やってみますけど、そのかわりこう、フォローはちゃんとお願いしますよ。
河岡　フォロー？
井手　僕こう、集中しすぎると、周りが見えなくなっちゃうんですよ。
椎名　あー。
井手　こうだから、怪しまれないように？
河岡　わかりました。
筧　その辺は、ちゃんとうまくやりますから。
井手　お願いしますよ？

井手、立ち上がる。
リモコンに狙いを定め、「ふん！」と、力む。

神田　あとは、まあ、三歳児の服を着るっていう、よく気功師がこう……！

神田、井手の形相に気付き、驚く。
桜井、神田の様子に気付いて、井手を振り返る。

筧　（小声で）井手さん。
椎名　（小声で）井手さん。
早乙女　（小声で）見られてるよ。
小山　（小声で）まずいですよねえ。
桜井　（戸惑って）これ、どうしたんですか？
筧　（ごまかして）井手さんは本当、コーヒーに目がないですよねえ。
椎名　中毒なんじゃないですか？
桜井　ええ？

桜井の前には、コーヒー。

小山　ほしいなら、頼めばいいのにねえ。
河岡　マスター、井手さんにコーヒーを。
小山　三人前。
早乙女　かしこまりました。

早乙女、カウンターへ。

筧　（桜井に）見ないであげてください。
椎名　ちょっとかわいそうな人なんですよ。
桜井　ああ……。
筧　ほら、神田さん、待ってますよ。
河岡　このことは、忘れてください。
桜井　ああ……。（向き直る）
神田　えー、なんの話でしたっけ。

井手、力むのをやめる。

井手　（嬉しそうに）三十五度。
筧　やりましたねえ。
椎名　最高設定じゃないですか。
井手　怪しまれてなかったですか？
椎名　もう、全然。
河岡　フォローは、ばっちりです。
井手　ああ。

早乙女、井手の前に、コーヒーを三つ運んでくる。

早乙女　お待たせしましたー。
井手　これ、なんですか？
筧　井手さんの労をねぎらって。
井手　いや、そんな場合じゃないでしょう。
河岡　敢闘賞ですから。
井手　いや、確かに、敢闘しましたけど。
神田　……（天井のエアコンを見て）なんか、急に強くなりましたねえ。

桜井　そうですねえ。
筧　（すかさず）またですか？
椎名　ここのエアコン、ほんとよく壊れるんですよ。
河岡　最高設定で、止まらなくなるっていう。
桜井　ああ……そうなんですか。
井手　しかも、全然なおさないんですよ。
筧　堕落マスター。
早乙女　（桜井に）念力念力です。
桜井　ああ……。
小山　これじゃあもう、脱ぎましょうか。
皆　うんうん。
椎名　しょうがないですよね。
井手　こうなったら、脱ぐしかないですからねえ。
河岡　神田さんも、脱いでください。
神田　ああ……。

皆、上着を脱ぐ。

桜井　皆さん、ナイキなんですねえ。
井手　ナイキ三兄弟です。
河岡　（井手・河岡・神田を順に指して）ナ、イ、キ。
筧　桜井さんもそれ、暑くないですか？
皆　あー。
椎名　かなり厚着ですからねえ。
桜井　あっ、でも私、そろそろ失礼しますんで。
筧　ああ……。
小山　お話、いいんですか？
桜井　もう、うかがいましたんで。

桜井、帰ろうとする。

河岡　（神田に）あの技ってもう、見せたんですか？
神田　え？
筧　あの、あれですよね、禁断の。
井手　禁断の技、あれやばいですよねえ。
河岡　禁断ですからねえ。
桜井　そんなの、あるんですか？

皆、神田に目くばせ。

神田　……禁、破っちゃいますか。

皆　おー！

早乙女　ついにあれ、出しちゃうの。

筧　これ、めったに見れないですよ。

椎名　僕らもまだ、見たことないですからねえ。

桜井　（神田に）見せてもらえるんですか？

神田　もう、かかってこい。

皆　おー。

小山　（桜井に）じゃあねえ、上着、脱いでもらってねえ。

井手　腰をすえて、向き合わないと。

桜井　ああ。

桜井、ジャンパーを脱ぐ。

皆、ほっとする。

早乙女　お預かりします。

桜井　ああ、ありがとうございます。

早乙女　ええ。（ジャンパーを、桜井から受け取る）

早乙女、ジャンパーを持ってうろうろする。

店のどこかに、引っ掛けたり。

桜井、その様子を、怪訝《けげん》そうに見ている。

皆、焦る。

桜井　（見かねて）あの、別にここでいいですよ。

早乙女　いえいえ、そういうわけには。

桜井　いやほんとに、大丈夫なんで。

早乙女　そうですか？

早乙女、あっさり、ジャンパーを桜井に返す。

桜井、それを、イスの背もたれにかける。

桜井　（神田に）じゃあ、どんな技なんですか？

神田　（困って）そうですねえ……。

早乙女　（戻ってきて）私はダメだ。

井手　なにやってるんですか。
筧　預かりかた、決めといてくださいよ。
早乙女　そんなシステムないもん。
井手　あれ、近すぎるでしょう。

皆、神田と桜井の様子を見る。

神田　あのじゃあ、「百の声」っていう技なんですけど。
桜井　百の声？
神田　声がなんと、百種類、出せるっていう。
桜井　はあ。
神田　（声を出して）「あー」、まずこれが、基本の一ですよね。
桜井　ええ。
小山　（相談に戻って）だけど、ちょっとは進展しましたねえ。
皆　うんうん。
椎名　これで、なんとかあの人に、席を立ってもらえれば。
筧　っていうか、僕ら、だんだん手口が雑になってきてるんで。
皆　ああ。
椎名　その辺は、気を付けつつ。
河岡　（桜井を見て）トイレとか、行ってくれないですかねえ。
皆　あー。
井手　いやだけど、あの人、さっきトイレに入りましたから。
筧　あれはでも、手洗っただけじゃないですか。
井手　いやまあ、そうなんですけど、逆にこう、あのときトイレにいったにもかかわらず、手しか洗わなかったってことは、その時点であの人には、まったく尿意がなかった、っていうことにならないですか。
河岡　史上最低の推理ですねえ。
井手　いやだけど、そうじゃないですか。
筧　まあだから、トイレに行く可能性が低いということですよね。
井手　ええ。

小山　じゃあこう、水をどんどん出して、次々とがぶ飲みしてもらう、っていうのは。
皆　いやいや。
筧　そうはならないでしょう。
小山　ああ……。
井手　わんこそばみたいには、ならないでしょう。
河岡　（椎名に）こう、あの人に、「トイレに行きたい」っていう、テレパシーを送ることって、できないですか。
椎名　それはただ「トイレに行きたい」っていう声が聞こえるだけなんで。
筧　こいつの声で。
河岡　ああ……。
早乙女　じゃあもう、いっそコーヒーに下剤入れて出す？
皆　いやいや。
井手　あんまりそれ、マスターが言う意見じゃないでしょう。
筧　いっそじゃないでしょう。
小山　（桜井のほうを見て）これだけど、そろそろ本当に、もたないですよ？

奥の席では、神田、いよいよ追い込まれている。

神田　「あー」、これが七です。
桜井　ああ……。
神田　で、「あー」、これ八です。
桜井　それってでも、五のしゃくれたやつですよねえ。
神田　いやいや、五は、「あー」じゃないですか。

エスパーたち、焦る。

井手　（筧に）ちょっととりあえず、透視で、残尿量、みてくださいよ。
河岡　ええ。
筧　いやですよ。見たところで、どうにも。
早乙女　もうじゃあ、表を今、トシちゃんが通ったと。
皆　いやいや。

椎名　テレビ局のＡＤさんですから。
小山　トシちゃん？
　　　そのとき、携帯の着信音。
　　　桜井の携帯である。
桜井　ああ。（神田に）ちょっと失礼します。
神田　ああ……。
　　　桜井、電話に出ようとする。
椎名　（とっさに）表行ったほうがいいですよ。
筧　ここ、電波悪いんですよねえ。
桜井　ああ。
早乙女　どうぞ。
　　　桜井、席を立つ。
河岡　なるべく、店から離れたほうがいいですよ。

桜井　（電話に出て）もしもし。……あー、どうもー、さっきは。……
　　　桜井、話しながら、店を出て行く。
筧　今のうちに！
　　　エスパーたち、桜井の席へ駆けよる。
小山　絶妙のタイミングでしたねえ。
神田　なんですか？
筧　じゃあマスター、見張りを。
　　　早乙女、入り口の外を見張る。
椎名　名刺入れの中に、毒グモがいるらしいんですよ。
神田　毒グモ!?
椎名　筧さんが透視で。
神田　ああ……。

井手　内ポケットですよねえ？
筧　ええ。
　井手、桜井のジャンパーから、名刺入れを取り出し、机に置く。
筧　大丈夫です。僕がいきますから。（雑誌をかまえる）
椎名　……いきますよ。
　皆、緊張しつつ、見守る。
　椎名、名刺入れを開け、すばやく離れる。
　筧、すかさず雑誌で叩く。
皆　！
早乙女　仕留めた？
筧　ええ！　あの、えー……。
井手　（おそるおそる見て）……どうなったんですか？
椎名　どこにいるんですか？
　皆、名刺入れのなかを見る。
筧　あのー、いやまあ、似てるじゃないですか。
皆　??
筧　こうほら、形的に。
　エスパーたち、やがて、気付く。
椎名　……（名刺を指して）もしかして、これと間違えたんですか？
筧　……うん。
井手　「米」じゃないですか！
筧　まあだから、こう八本足の。
小山　えじゃあ、毒グモって……。
筧　だから……米？
　皆、筧を見る。

筧　（テキパキと、名刺入れを戻しつつ）ああ、じゃあほら、桜井さん帰ってきますから。あの、温度も下げてください。僕が下げます。（リモコンで、温度を下げる）

筧、復元作業を終え、席に戻る。
皆、ゆっくりと、筧をとり囲む。

筧　あのー、やっぱりほら、明朝体ってこう、虫っぽいじゃないですか。だからもうほら、生まれてすいません。（謝る）
井手　あなた毒グモだって言い切ってましたよねえ。
筧　はい。
椎名　全然違うじゃないですか。
小山　毒グモと、米ですよねえ。
筧　すいません。
井手　ドラえもんと風より違うじゃないですか。
筧　申し訳ないです。
河岡　あなた、殺しますよ。
筧　いやちょっとー。
神田　っていうか、なんで透視したんですか？
筧　それは、だから、名刺を見ようとして……。

エスパーたち、またも、気付く。

河岡　……筧さん。
筧　はい。
椎名　……覗こうとしたんですか？
筧　いやいや、覗くとか、そんな。
井手　裸を見ようとしたんですよねえ。
筧　……イエス。
井手　なんで英語なんですか。

河岡、筧の頭に手をかざす。

筧　（慌てて）あの、すいません！　本当にもう、二度とこんなことは！

寛、土下座する。

椎名　もろに土下座してますねえ。

寛　許してください。

早乙女　さっきの神田さんを見てるようだねえ。

寛　殺されたくないです。

井手　いやだから、起きてくださいよ。

椎名　帰ってきたら怪しまれますから。

寛　（元気よく立ち上がって）はい！

井手　いやだから、許してはないですよ。

寛　ああ……。

小山　さっきとまったく同じ流れですねえ。

皆、呆れつつ、席に戻る。

寛　……すいませんでした。

早乙女　これはちょっと、信じがたいねえ。

小山　（扉のほうを見て）本当なら、今ごろ帰ってたのに。

井手　今の時間、なんだったんですかねえ。

寛　ああ……。

早乙女　とんだエロエスパーだったねえ。

河岡　これからあなたのことを、誰の前でも「エロエスパー・寛」と呼びますよ。

寛　いやだから、バレるじゃないですか。

小山　僕らこれ、バレてないですかねえ。

皆　あー。

井手　最後のほう、超能力、使いまくってましたからねえ。

寛　じゃあほら、（椎名を指して）こいつのテレパシーで、確認を。

椎名　エロエスパー・寛のためにですか。

寛　（おどけて）おっ、ちょっと。椎名ー。

神田、何気なく、帰ろうとする。

小山　あ、ちょっと。

井手　なに、帰る感じになってるんですか！

神田　いや、かなりがんばったんで。
椎名　それとこれとは、別ですよ。
寛　っていうか、毒グモも、元はといえば、あなたが原因じゃないですか。
井手　……いやそれは違いますよ。
椎名　それは寛さんのせいですよ。
寛　ああ……。
神田　なすりつけないでくださいよ。
小山　これもう、どっちもどっちですけどねえ。

桜井、電話を終えて、戻ってくる。

神田　ああ。
寛　お帰りなさい。
桜井　(明るく、皆に)クモ、見つかったらしいです。
寛　え？
桜井　(電話を示して)今、へっちゃら男さんが。
寛　ああー、部屋で。
桜井　そうなんですよー。
早乙女　本物の毒グモが。
桜井　本物？
井手　(慌てて)ほんとの意味での、毒グモが。
椎名　これぞ、毒グモ、っていう。
桜井　ああ……ええ。

皆、笑う。

小山　よかったですねえ。
河岡　よかった。

桜井、席に戻る。

井手　(早乙女に)ガード甘くなってますから。
早乙女　申し訳ない。
寛　(桜井を指して、椎名に)じゃあ、ほら。確かめないと。
椎名　ああ……。
寛　バレてたら、マズいから。

河岡　……エロエスパーが！

筧　（焦って）声でかいですよ！

　椎名、桜井の心を読もうと、集中する。

早乙女　まあ、気付かれてはないと思うけどねえ。

小山　やっとこれで、ふりだしですよねえ。

河岡　あとでみんな、あなたから一万円ずつもらいますよ。

筧　勘弁してくださいよ。

　桜井、神田に切り出す。

桜井　……あの。

神田　なんですか？

桜井　神田さんに、こういうこと聞くのも、アレなんですけど、お知り合いのかたで、すごい能力持ってるかたとかって、いたりします？

神田　え？

桜井　それとか、衝撃映像を持ってる、とかでも、いいんですけど。

神田　ああ……いやちょっと、心当たりないですけど。

桜井　あー、ですよねえ。

神田　どうしたんですか？

　椎名、表情が暗い。

筧　……どうだった。

椎名　ああ……。

小山　ばれてるんですか!?

椎名　いや、それは、大丈夫なんですけど。

　皆、ほっとする。

早乙女　どうしたの？

椎名　……まあまあ、僕らには関係ないことなんですけど。

早乙女　何。

椎名　……（桜井を指して）あの人いま、相当、追い込まれてるんですよ。
筧　え？
椎名　仕事がうまくいってないみたいで。
　皆、桜井を見る。
桜井　へっちゃら男さんが、出演NGになっちゃったんですよ。
神田　え？
桜井　なんでまあ、他のネタを探さないと、ダメになったっていうか。
神田　なんかあったんですか？
桜井　……これちょっと、内緒なんですけど、さっきちょっと、入院されちゃったんですよ。
神田　（驚いて）入院。
桜井　その、クモを見つけたっていうのが、部屋で刺されて、それで気付いたみたいで。
神田　ああ、それで入院。
桜井　なんで、ちょっと放送には、間に合いそうになくて。
神田　はー。一日二回は、無理だったんですね。
桜井　結構なんか、ギリギリの技だったみたいで。
　椎名、事情を話す。
椎名　番組的に、ネタが足りてないみたいで、なんとしても使えるのを見つけてこいって言われてるんですけど。
小山　見つかってないんですか。
椎名　ええ。けっこう厳しいディレクターさんみたいで、それで今、追い詰められてる、っていう。
　神田、軽くショックを受けている。
神田　……っていうか、へっちゃら男は、ほぼ決定だったんですか？
桜井　そうですねえ。結構、あてにしてたかなー、みたいな。

神田　ああ……。

椎名、話を切り上げる。

椎名　まあだから、こういうことがあるんで、普段は使わないようにしてるんですけど。

小山　え？

椎名　ほらこう、どうすることもできない、っていうか。

小山　ああ……。

桜井、明るく振る舞っている。

桜井　なんで、とりあえず、いったん戻って、ディレクターと相談してみます。

神田　ああ……大丈夫なんですか？

桜井　いやあ、またこれ、怒鳴られちゃうパターンですよー。

神田　ああ……。

桜井　まあ、大丈夫です。ホントどうも、ありがとうございました。

エスパーたち、何かを考える。

井手　……なんかねえ。

皆　うーん。

河岡　まあまあ、ねえ。

筧　このまま終わるのも、どうなんだ、っていう。

小山　そうですよねえ。僕も、思いますそれは。

椎名　……？

井手　これじゃあ、たとえば……

エスパーたち、ひそひそと、相談を始める。

神田　（思い切って）っていうか、細男は、まったく、ナシなんですか？

桜井　まあ、正直、そうですねー。

神田　ああ、そこはもう、繰り上がっては、こない……。

桜井　いやだって、一応ウチ、「あすなろサイキック」なんで。

相談を終えた、エスパーたち。

早乙女　気がきいてるじゃない！
椎名　（驚いて）ホントにやるんですか？
井手　でないと、今日の集まり、意味わかんないですからねえ。
皆　うんうん。
河岡　米の字体を確認しただけですからねえ。
小山　どうせ、乗りかかった船ですしねえ。
筧　じゃあ、パーティの続きといきますか！
皆　……いやいや。
井手　そういうのは、ちょっと、わかんないですけど。
筧　いや、そういうことでしょう。
河岡　マスター。なんか、赤い服ないですか。
早乙女　赤。
井手　上下、なんでもいいんで。
早乙女　ちょっと待ってて。

早乙女、上手のドアへ。

小山　ビデオテープ、残量大丈夫ですかねえ。
河岡　エロエスパー。
筧　いやいや。確認しますから。

筧、桜井のビデオカメラに向けて、透視する。

神田　つまり、細男では、サイキックワールドの扉は、開かない、と。
桜井　そうですねえ、そこはやっぱり、開けていきたいんで。
神田　はあはあはあ。

筧、透視を終える。

筧　大丈夫です。

皆　おお。
寛　あれだけあれば。
早乙女、紙袋をかかえて、戻ってくる。
早乙女　これでいい？
井手　（なかを見て）いいですねえ。
寛　あとはじゃあ、準備できるまで、あそこで引き止めてください。
早乙女　わかった。
早乙女、カウンターへ。
椎名、ツリーに飾られた綿を、持ってくる。
椎名　これも、使えるんじゃないですか。
皆　おー。
寛　はいはいはいはい。
河岡　ノッてきましたねえ。

桜井、席を立つ。
桜井　じゃあ、お先に失礼します。
神田　ああ……。
桜井　（エスパーたちに）皆さんどうも、ありがとうございました。
皆、挨拶。
寛　また是非、いらしてください。
桜井、カウンターのレジへ。
桜井　（早乙女に）おいくらですか。
早乙女　えー、ちょっと待ってくださいね。
早乙女、電卓を叩いて、計算する。
桜井　……コーヒー一杯ですよ？

早乙女　いえいえ、消費税が、ややこしくてねえ。えー、三百六十掛ける、五パーセント。

その隙に、エスパーたち、神田を手招きする。

神田　……なんですか？
河岡　あなた、帰りたいですか。
神田　（すかさず）帰りたいです！
筧　じゃあ、その前に一個、やってほしいことがあって。
神田　ええ。

エスパーたち、神田に耳打ち。

早乙女　えー、十八万円です。
桜井　（驚いて）ええ!?
早乙女　あれ、ああ、五百掛けちゃダメですね。
桜井　〇・〇五……。
早乙女　ですよねえ。（計算しなおす）

作戦を聞いて、戸惑う神田。

神田　それは、大丈夫なんですか？
筧　（神田に）あなた、体重何キロですか？
神田　ああ……三十七キロですけど。
椎名　三十キロ台なんですか？
神田　ええ、まあ。
小山　さすが細男ですねえ。
河岡　工場長より、ぜんぜん余裕。

早乙女、紙に筆算をしている。

早乙女　……えー、でました。十八円。が、消費税なんで、これを、コーヒーに足さなきゃいけない。
桜井　そうですねえ。
早乙女　えー、コーヒーの値段は……（電卓を叩く）

神田、決断する。

神田　やります。
筧　もし、それやらずに逃げたら、あなた、ひどいですよ？
河岡　月の明るい夜ばっかりじゃないですよ。
神田　はい。

神田、紙袋をかかえ、出口のほうへ。

桜井　……あの、できればちょっと、急いでるんで。
早乙女　すいません、もうすぐで、解にたどり着きますんで。
桜井　ああ……。
神田　（桜井に）じゃあ、すいません。僕、お先に失礼します。
桜井　あっ、どうも。
神田　いつかじゃあ、スタジオで。
桜井　（笑って）そうですねえ、是非。
神田　特番、組ませますから。

神田、店を出て行く。

筧　（皆に）じゃあ。

皆、それぞれの持ち場に移動。
井手は窓際へ。

早乙女　えー、三百六十円です。
桜井　もとに戻ってないですか？
早乙女　内税だったんですよ。
桜井　ああ……（財布からお金を出す）
早乙女　すいません。
桜井　領収書、もらえますか。
早乙女　かしこまりました。
桜井　じゃあ、これで、ちょうどですね。（払う）
早乙女　確かに。（領収書を書く）

その瞬間、井手、ゲームボーイを持って、「ふん！」と力む。

ゲームボーイの「ピコーン」という音が、何度も鳴り響く。

桜井　？
小山　……なんですかねえ。
筧　どっかから、鈴の音がしますよねえ。
椎名　ええ。
河岡　デジタルな。
桜井　鈴？
小山　っていうかこれ、窓の外から、聞こえてないですか。
皆　あー。
筧　そういえば……。
椎名　マスター、これ、ちょっと開けてみましょうか。
早乙女　なんだろうねえ。

早乙女・椎名、窓を開ける。
窓の外では、赤いジャージを着た神田が、夜空を飛んでいく。

口元には、白い綿のひげがついている。

桜井　……（驚いて）ええ？
筧　今の、サンタクロースじゃないですか？
椎名　サンタですよねえ！
早乙女　今のは、紛れもなくサンタだよ。
皆　うんうん！
筧　桜井さん、ビデオまわさないと！
椎名　衝撃映像ですから。
早乙女　いそいで！

桜井、慌てて、カメラを持って、外へ走り出ようとする。
小山、とっさに力んで、時間を止める。
桜井のカメラに近づき、レンズのカバーを外す。
五秒後、時間が動き出す。
桜井、走り出ていく。

皆　おー！

井手　（小山に）今、何したんですか？
小山　キスはやっぱ、無理でしたけど。
神田を飛ばしたのは、河岡。
夜空に向かって、窓から念力を送り続けている。
椎名　（河岡に）大丈夫ですか？
早乙女　落とさないようにね。
筧　今、どの辺ですか？
河岡　もうすぐ、公園ですねえ……。
井手　けっこう、飛んでますねえ。
河岡、「ふう」と、力を抜く。
皆　！
椎名　落としたんですか!?
河岡　（疲れつつ）いやいや、池に。
井手　池に落としたんですか!?
河岡　（早乙女）あそこ結構、広いですよねえ？
早乙女　広いけど。
河岡　たぶん、池のどっかには、落ちてると思いますんで。
筧　あなた、無茶しますねえ。
井手　はずしてたら、えらいことですよねえ。
河岡　まあまあ、ロケットの着地も、こういう方式でしょう。
小山　ロケットじゃないですからねえ。
皆　うんうん。
筧　人間ですからねえ。
椎名　真冬なのに。
早乙女　水が凍ってなきゃいいけどねえ。
皆　うーん。
小山　桜井さん、公園まで追いかけてないですかねえ。
河岡　まあまあ、暗いんで、すぐ見失いますよ。
早乙女　あの辺は路地も多いしね。
椎名　にしても、かなり、不恰好なサンタでしたけどねえ。
筧　明らかに、自分の意思で飛んでないっていう。

桜井、外から戻ってくる。

河岡　おー。

筧　どうでした？

井手　ちゃんと撮れました？

桜井　（カメラを掲げて）ばっちりです。

皆　ああ！

小山　っていうかじゃあこれ、今度の特番に、そのまま使えるんじゃないですか？

椎名　いけますよねえ。

井手　衝撃映像でもいいんですよねえ。

桜井　（嬉しそうに）なんで、ディレクターに、見せてきます。

皆　おー。

筧　これもう、へっちゃら男なんて、目じゃないでしょう。

早乙女　サンタの動画だからねえ。

椎名　いやー、けど、なんだったんですかねえ。

皆　うーん。

井手　サンタでしょう。

小山　本当にいたってことですかねえ。

河岡　袋を持ってなかったところを見ると、あれは配り終えたあとですかねえ。

皆、笑う。

井手　ロマンチスト。

早乙女　トナカイを連れてなかったところをみると、経費を抑えたのかねえ。

皆、笑う。

筧　リアリスト。

桜井　じゃあ、私、これで失礼します。

皆　ああ。

井手　さっそく、ディレクターさんに。

桜井　ええ……ご協力、ありがとうございました。

桜井、挨拶。

店を出て行く。

井手　……ご協力？

小山　（焦って）早速これ、バレてるんですかねえ。

椎名　僕、見てきましょうか？

河岡　テレパシー。

早乙女　あの人は言わないよ。

筧　……え？

早乙女　だって、私も、エスパーに助けてもらったこと、誰にも言ってないしねえ。

井手　ああ……。

皆、ほっとする。

めいめい、座って、くつろぐ。

小山　……いつからバレてたんですかねえ。

筧　っていうかそりゃバレますよねえ。

河岡　井手さんのこれ（能力）を見られた時点で、決定的でしたからねえ。

皆　うんうん。

井手　え、見られてたんですか？

椎名　ええ。

井手　いや、ちゃんとフォローしてくださいよ。

河岡　フォロー。（三つのコーヒーカップを指す）

皆、笑う。

わざとらしく、和気藹々《あいあい》なムード。

井手　いや、なんか、わかんないですけど。ちゃんと、教えてくださいよ。全然、わかんないんで。

筧　これだけど、どっちにしろ、神田さん、帰しちゃいましたしねえ。

椎名　あの人は、絶対言いますよねえ。

皆　うーん。

小山　もうあんまり、集まらないほうがいいんですかねえ。

皆、少し、しんみりする。

筧　それか、どっかにこっそり、二号店オープンするっていう。

皆　あー。

河岡　渋谷に。

井手　ああ、けっこう繁華街に出すんですねえ。

椎名　田舎とかではなく、

早乙女　ちなみにねえ、神田さんも戻ってくるよ。

椎名　え？

筧　……なんで、わかるんですか？

早乙女　いやいや、別に、フィーリングだけど。

井手　わかってないんですか。

筧　またいいこと言うのかと思ったじゃないですか。

そこへ、神田、びしょぬれで戻ってくる。

神田　（震えて）スープスープスープスープ。

小山　（驚いて）神田さん。

椎名　戻ってきたんですか？

神田　スープをください。

早乙女　震えてるねえ。

筧　なんで戻ってきたんですか？

神田　いやだって、この格好でどこへ行けというんですか！

筧　ああ……。

井手　ほんとに戻ってきましたねえ。

小山　フィーリング、当たっちゃいましたねえ。

椎名　ちゃんと池に落ちれました？

神田　……岸、ここ。（自分の肩すれすれを示す）

河岡　おお。

井手　いやギリギリじゃないですか。

筧　紙一重じゃないですか。

早乙女　ほら、とりあえず着替えて。

神田　ああ、どうも。

早乙女、震える神田を、奥の部屋へ案内する。

井手　……震え止まらないですねえ。
河岡　恐さも手伝って。
椎名　いやだからギリギリに落とすからですよ。
小山　氷張ってなくてよかったですよねえ。
神田　（筧に）あとで、透視を教えてくださいよ。
筧　え……。
神田　まだ教えてもらってないじゃないですか。
筧　ああ……。（少し、じーんとする）
早乙女　ひょっとしてわざわざ教わりにきたの？
神田　いやまあ、細男がダメだったんで、せめて透視ぐらい覚えて帰ろうと思って。

神田・早乙女、奥の部屋へ消えていく。

筧　……あいつやっぱりむかつく。
椎名　一瞬感動しかけてましたよねえ。
筧　エスパーをなめてるよ。
井手　エロエスパーを？

筧　いやそれはもういいじゃないですか。
河岡　あとで二万円ずつもらいますよ。
筧　いやだから、（気付いて）増えてるじゃないですか。
小山　あの、すいません。ちょっとテレビ点けていいですか？
井手　ああ……。
椎名　なんか見るんですか？
小山　いや、さっきのサンタが、もしニュース速報とかになってたりしたら、大変じゃないですか。
椎名　ああ……。

小山、テレビを点ける。
特に、変わった様子はない。
早乙女、奥の部屋から戻ってくる。

筧　（早乙女に）そう言えばあのジャージ、なんだったんですか？
早乙女　ああ、あれで走って鍛えてんだよ。
筧　え？

早乙女　超能力。
筧　あー。
椎名　ホントにエスパーになろうと……。
早乙女　だけどねえ、ちょっと使えるようになったんだよ。
井手　超能力をですか。
早乙女　予知。
井手　予知？
早乙女　うん。今日の秘密の出し物。
椎名　そのことだったんですか？
早乙女　うん。予知能力。
小山　できるんですか？
早乙女　いやいや、さっきも、神田さんが帰ってくるの、予知したでしょう。
筧　いや、あれは予知っていうか、フィーリングじゃないですか。
早乙女　今日も、なんかトラブルありそうだなー、ってうすうす思ってたし。
井手　いや、それだったら中止してくださいよ。
筧　未然に防げたでしょう。
そのとき、テレビから、臨時ニュースが流れる。
アナ　「臨時ニュースです」
小山　あ、ちょっと、これ！
皆　!?
アナ　「つい先ほど、インドが打ち上げた気象衛星〈チャクラ〉が、打ち上げ軌道をそれ、アメリカ西海岸オレゴン州に墜落したとのことです」
皆　（ほっとして）あー。
井手　違いましたけど、えらいニュースですねえ。
皆　うんうん。
河岡　僕の仕業かもしれないですよ？
筧　いや、そこまでの力はないでしょう。
井手　宇宙までは、とどかないでしょう。
アナ　「ご覧のとおり、インド側は、アメリカに、大変怒られております……」

映像は、数時間前に、早乙女がイメージしたものと同じ。
小山、気付かずにテレビを消す。

椎名　そういえば、マスターが助けてもらったエスパーって、どんな人だったんですか？
早乙女　ああ……あれはねえ、昔私がこの近所を歩いてて、いきなりどっかの犬に襲われかけたことがあって。
椎名　ああ。
早乙女　それでこう、塀ぎわに追い詰められて、もう駄目だと思った瞬間、目の前をなんと、スポーツバッグがこう横切っていって。
椎名　スポーツバッグ。
早乙女　うん。こう、ひとりでに転がって。で、犬はそのスポーツバッグのほうを追いかけていって、それで私は無事逃げられたんだけど。
椎名　ああ。
井手　これはもう、紛れもなくエスパーの仕業ですよねえ。
河岡　それ以外、考えられないですからねえ。
椎名　じゃあ、そのエスパー自身の姿は見てないんですか。
早乙女　そうなんだよ。
小山　渋いですよねえー。
河岡　エスパーの鑑《かがみ》ですよねえ。

神田、着替えて戻ってくる。

椎名　ああ。
井手　復活しましたねえ。
神田　じゃあほら、いつでもいいですよ。
筧　(怒って) 調子乗らないでくださいよ。
神田　おお、まだ怒ってる。

井手、テーブルに、ＥＳＰカードを並べる。

早乙女　透視はすべての基本だからねえ。

河岡　透視に始まり、透視に終わりますからねえ。
寛　いや、一度やってみてくださいよ。
小山　絶対ムキになりますよねえ。
椎名　完全に初級篇にされてますからねえ。
寛　じゃあ……始めますか？
神田　（元気よく）はい。
井手　なんで弟子みたいになってるんですか。
神田　ああ……。
寛　……じゃあまず……これから。（カードを指す）

特訓は続く。
早乙女、コーヒーを運んでくる。
音楽、流れてくる。
溶暗。

■エピローグ

しばらくして、テレビを消す音とともに、照明、つく。

年明けの喫茶店。外は明るい。
早乙女、カウンターのなかにいる。
いつか兄妹で来ていた男が、今日はひとりで、カウンターに座っている。
男はリモコンでテレビを消したところ。

早乙女　観ないんですか。
男　ええ、まあ、ちょっと。
早乙女　ああ……。

早乙女、コーヒーを入れる。

早乙女　はい、お待ちどおさま。（コーヒーを出す）
男　どうも。

男、コーヒーを一気に飲み干す。
早乙女、驚く。

早乙女　熱くないですか？

男　……へっちゃらです。

音楽。

暗転。

おしまい。

サマータイムマシン・ブルース

Summer Timemachine Blues

登場人物

柴田《しばた》……カメラクラブ・女子部員
伊藤《いとう》……カメラクラブ・女子部員
新美《にいみ》……ＳＦ研究会・男子部員
照屋《てるや》……カメラクラブ・男子部員
小泉《こいずみ》……ＳＦ研究会・男子部員

甲本《こうもと》……ＳＦ研究会・男子部員
石松《いしまつ》……ＳＦ研究会・男子部員
木暮《こぐれ》……ＳＦ研究会・男子部員
曽我《そが》……ＳＦ研究会・男子部員
田村《たむら》……未来のＳＦ研究会・男子部員

【舞台】

とある大学の、ＳＦ研究会の部室。
コンクリート造りの、古い建物。
もともとは、カメラクラブの部室だった。
奥上手寄りには、暗室へ続くドアがあり、
そこが、今のカメラクラブの部室となっている。
下手手前に、入り口のドア。外は廊下。
上手に、大きな窓。窓の外は、庭になっている。
窓際に、ビールケースと畳で作った、くつろぎ用のスペース。
部屋の中央に、縦置きの長机。そのまわりに、不ぞろいのパイプ椅子。
壁際には、ロッカー、カラーボックス、スチール棚など。
その他、ガラクタなどが雑然と置いてある。遊び道具もいっぱい。

●０景（８月１日午後３時）

照明、点く。
甲本以外のＳＦ研メンバー五人と、カメラクラブ三人、甲本に注目している。
甲本は洗面器を持って、入り口から入ってきたところ。皆のテンションに戸惑っている。

曽我　……じゃあ早速、やってもらいますか？
新美　例の、罰ゲームを。
　皆、盛り上がる。
甲本　は？
石松　いや本当、いさぎいい。
曽我　なかなか出来ないですよねえ。
小泉　だって、普通やんないもん。
皆　うんうん。

柴田　どういう形から入んのかな。
伊藤　初めて見るよねえ。
照屋　実際にはねえ。
甲本　いや、待って。あの、全然分かんない。
新美　は？
甲本　流れが、見えない。
皆　いやいや。
小泉　だから早くやれよ。
曽我　引っ張るほどのもんでもないでしょう。
照屋　待てば待つほど辛くなるよ。
曽我　それ使ってこう、やればいいじゃないですか。
（裸踊りの動き）
皆、笑う。
曽我の腕がコーラのボトルに当たって倒れる。
柴田　（気付いて）ちょっと！
曽我　え？
皆　（気付いて）ああ！
照屋　おいおい。
曽我　ああ、ごめんなさい。
小泉　お前、何やってんだよ。
曽我　ちょっと、タオルないですかそこに。
照屋　タオル。
石松　（タオルを取って）いや、だけど、これなんか臭いよ？
曽我　いや、いいですよ別に。
新美　水さすなよ。
照屋　バイトくびになるでしょう。
曽我、タオルを受け取る。
机の上では、クーラーのリモコンがコーラで濡れている。
伊藤　リモコン！
皆　あーあー！
小泉　ヤバイヤバイ！（リモコンを取って振る）
新美　大惨事じゃんかお前。

曽我　それちゃんと拭いたほうがいいですよ。
新美　だからこっち拭けよ。
曽我　ああ。
木暮　だいぶ濡れたけど。
甲本　……何これ。

音楽。

暗転。

スライド「サマータイムマシン・ブルース」

その他、作・演出、キャスト、などが、スライドで照射される。

音楽、フェイドアウト。

●1景（8月2日午後1時40分）

蟬の声。

照明、点く。

甲本・小泉・曽我、座っている。

お互い、何も喋らない。腕組みしてたりとか。

小泉　……ちょっと、言っていい？
二人　うんうん。
小泉　この全体の感じを、形容していい？
二人　うんうん。
小泉　……暑いよね！
曽我　暑いっすよねえ。
小泉　とうとう言っちゃったけど。
甲本　それだけは言うまいと思ってたけど。
曽我　心頭滅却しようとしてたけど、やり方が分かんなかったですもん。
小泉　何だ心頭って。
甲本　だから、ここ（腕を組んでいる部分）が暑いよね。
二人　うんうん。
小泉　この、くっついてるとこが。熱をもって。
曽我　もう、こうしてたいですもんねえ。（体を開いて）なるべく表面積を広くして……。

小泉、曽我を叩く。

曽我 痛って！

小泉 お前が何とかしろよ。

甲本 うん、お前がこぼしたんだから。

曽我 いや、しょうがないでしょうだって。リモコン以外使えないんですから。

小泉 だから、あおぐとか。

甲本 うん。

曽我 嫌ですよ。奴隷じゃないですかそれ。

甲本 こう、葉っぱのやつでな。

小泉 クーラーがなー！（顔を伏せる）

甲本 あるのに使えないっていうのが、すごい不条理だからねえ。

曽我 なんでダイヤルとか一切ついてないんですかねえ。

甲本 歯がゆさが余計に暑さを助長してるっていう。

小泉 ……（テレビのリモコンを持って）これどう？

甲本 それ、テレビのリモコンじゃん。

曽我 ついに、血迷いましたか。

小泉 いやいや、確かにそうなんだけど、これを、こうどれか押すことで、何か一個ぐらい信号がヒットするんじゃないかっていう。そういうなんていうの？夢想家みたいな。

曽我 はいはいはい。

甲本 ……ある。

小泉 ある。

甲本 やってみる価値はある。

曽我 これ、行けるんじゃないですかねえ。

小泉 じゃあ（立って）、どれから行く？

甲本 ああ……、電源じゃない？

皆、うなずく。

小泉 電源ね。

曽我 もう、電気の源ですからねえ。

甲本 とりあえず、電源で。

小泉、テレビのリモコンをクーラーに向かって構える。
皆、注目。

小泉　……（振り返って）もうこれ、すごい行ける感じが伝わってくるもん。
皆　おー。
曽我　いいですねえ。
小泉　こう、シンクロし合ってるみたいな。
甲本　こう、お互いが。
小泉　うん。

小泉、再びクーラーに向かって構える。
皆、注目。

小泉　……（振り返って）だって今、風が吹いてくる絵が見えたからね。
皆　おおー。
曽我　マジですか。
小泉　こう、千里眼で捕らえたから。

甲本　ちょっと、早くやれよ。
小泉　間違いない。

小泉、クーラーに向かって構える。
皆、注目。

小泉　……もうこれ、今涼しいもん。
甲本　だから早くやれよ。
曽我　前フリはいいですから。
小泉　いきます。
甲本　うん。

小泉、クーラーに向かって構える。
リモコンの電源を押す。と、テレビが点く。
間。
小泉、テレビを消す。

小泉　……まあね。
甲本　それはそう。

曽我　そりゃ、テレビが点きますよねえ。
皆　うんうん。
小泉　テレビのリモコンだから。
甲本　そりゃそうなるよね。
小泉　もう、知ってたから。
曽我　次じゃあ、ボリュームとか、どうですかねえ。
皆　あー。
甲本　こう、温度を調節する感じでな。
曽我　ええ。
小泉　お前じゃあちょっと。（リモコンを曽我に渡す）
曽我　ああ、僕が。
甲本　こういうのはもう気持ちが大事だから。
曽我　あー。
小泉　こう、赤外線に思いを乗せるみたいな。
曽我　行きます。

曽我、クーラーに向かって構える。
ボタンを押す。しかし、何も起こらない。

曽我　……（クーラーを指して）うんともすんとも言わないですけどねえ。
皆　うんうん。
曽我　ニンともカンとも。
小泉　なんか引きこもってる感じがあるな。
曽我　ちょっとね、意固地になってる部分ありますから。
甲本　徐々にこう、心を解きほぐしてやらないと。
曽我　カウンセリングで。

柴田、入り口から入ってくる。

柴田　おはよう。
皆　おお。
柴田　（暗室を指して）誰か来てる？
甲本　ああ、伊藤がもう。
柴田　おお。
曽我　行けそうな空気ではあるんですけどねえ。
小泉　うん。

柴田、暗室をノックする。

伊藤　……（声）はい。
柴田　入っていい？
伊藤　（声）ちょっと待って。
柴田　ああ。現像？
伊藤　（声）うん。

小泉、ボタンを順番に押す。

曽我　ああもう、片っ端から。
小泉　もうしらみつぶしで。
曽我　閉ざした心を……。

柴田、窓の外を見る。
そこには、犬がいるらしい。

柴田　ケチャ、また掘ってるんだ。
甲本　うん。そして何も出てこないっていう。
柴田　ああ。……なんか探してんのかなあ。
甲本　骨でも埋めて忘れたんじゃないの？
柴田　ああ。
曽我　……ダメですか。
小泉　もう、ノーリアクションだから。
曽我　あー……。
小泉　ノーレスポンスだから。（なおも試す）
柴田　（小泉に）何してんの？
小泉　ああ……。こうまあ、試してるっていう。
柴田　え？
小泉　クーラーを。
柴田　だって、テレビのリモコンでしょ？
小泉　まあ、そうなんだけど、まあだからそれを分かった上で、あえて試行錯誤してるっていう。
柴田　何を？
小泉　……（甲本に）言って。
甲本　ああ、だからほら、昨日こう、リモコン壊したじゃん。コーラこぼして。
柴田　ああ。

甲本　だからまあ、……いろいろやってんだよ。暑いじゃん。
柴田　だって、テレビのリモコンでしょ?
甲本　うん。
柴田　テレビが点くだけじゃないの?
甲本　いやもう、まったくその通りなんだけど。
柴田　(小泉に) どういうこと?

小泉、進退きわまって、曽我を叩く。

曽我　痛って!
小泉　お前がくだらない提案するから、俺らが蔑まれるんだよ。
曽我　いや、ノッてたじゃないですか。
甲本　だからあれだよ、お前がやっぱりこう、俺たちをあおいで、
小泉　あー、ひと夏ね。
曽我　いや、奴隷でしょうだから。どういう人権になってるんですかそれ。
柴田　(思いついて) 冷蔵庫だったら、捨ててあったけど。
甲本　冷蔵庫?
柴田　うん。そこの、ゴミ置き場に。
小泉　それはお前、なんだよ。
柴田　いやだから、涼しくなんないかな。こう開けといて、クーラーの代わりみたいに。
皆　あー……。
曽我　エジソンがいたじゃないですか、こんなとこに。

皆、盛り上がる。

小泉　お前、ひらめいたなあ。
柴田　マジで?
甲本　こう、冷やすわけだ。冷気で。
柴田　うん。こう、部屋ごともう、冷蔵庫みたいな。
皆　はー。
小泉　(曽我に) これもう、早速お前。
曽我　ああ。

二人、立つ。

曽我 ゴミ置き場ですよね？

柴田 うん、多分、使えると思うけど。

小泉 （甲本に）クーラーを取りに行ってくるから。

二人、笑いながら出て行く。

甲本 使えんの？

柴田 さあ。なんかでも、きれいだったし。

甲本 ああ。……（柴田の持っているカメラを指して）撮ってたんだ。

柴田 うん。もうすぐ学内展だから。

甲本 いつだっけ。

柴田 来月のアタマ。

甲本 じゃあもう、結構追い込み？

柴田 うん。……（室内のガラクタを見て）なんか、どんどん増えていくねえ。

甲本 ああ、石松。

柴田 うん。

甲本 もう、邪魔でしょうがないから。

柴田 （道路標識を指して）これとか犯罪じゃないの？

甲本 っていうかもう、どれも犯罪だから。

柴田 ああ。

甲本 どれももう、窃盗だから。

柴田 そっか。……あとの三人は？

甲本 木暮は、今リモコン直しに行ってて、あとの二人がオアシス。

柴田 こんな時間から？

甲本 こう、老人に混じって。

柴田 ああ……。

甲本 ……お前さあ、最近時間ある？

柴田 ない。

甲本 ないんだ。

柴田 学内展だもん。

甲本 ……なくはないだろ。

柴田 （笑って）ないよ。

甲本　ちっとも？
柴田　うん。
甲本　……まあじゃあ、あったらでいいけど、いや、タダ券もらったからさあ。そこの映画館で。（映画のチケットを見せる）
柴田　？
甲本　二枚もらったから、行くならどうかなーと思って。
柴田　マジで？
甲本　うん。
柴田　いつでもいいの？
甲本　ああ、俺はね。
柴田、チケットを見る。
甲本　どっち？　何、時間あるの？
柴田　なんとかやりくりして。
甲本　ああ……。来週いっぱいらしいから。
柴田　ふんふん。
伊藤　（暗室から顔を出して）ＯＫ。
柴田　おお。
甲本　ああじゃあ、考えといて。
柴田　うん。
伊藤　（柴田に）できた。
柴田　マジで？
二人、暗室へ。
甲本、「よし」という表情。
小泉・曽我、冷蔵庫を持って戻ってくる。
小泉　うぃー。
甲本　おお！
曽我　我々の、クーラーが。
甲本　よく捨ててあったねえ。
小泉　もうだって、おぼしめしだからね。
曽我　天からの。
小泉　お前、そこ。（コンセントを示す）
曽我、冷蔵庫をコンセントにつなぐ。

甲本　こいつがこう、冷やしてくれるわけだ。
小泉　もう、野菜室になるからね。
曽我　セットできました！
　皆、盛り上がる。
曽我　もうこれ、動きだしてますもん。
甲本　待ってましたと。
曽我　ええ。
　小泉、取っ手に手をかける。
　皆、注目。
小泉　……もうこれ、ここ（手のあたり）が涼しいもん。
甲本　だから早く開けろよ。
　小泉、開ける。
　間。

皆　おー……いやいや。
小泉　まだ涼しくない。
甲本　電源入れたばっかりだから。
曽我　（手を当てて）……いやだけど、これほら、ほんのり、来てないですか？
皆　……（感じて）あー！
甲本　本当だ本当だ。
曽我　こう、涼しくないですか？
小泉　きてるきてる。
曽我　こう、そこはかとなく。
皆　うんうん。
　皆、涼しがる。
小泉　ああ、これはいいなあ。
甲本　もうこれ、クーラーいらないなあ。
皆　うんうん。
曽我　こう、趣《おもむき》がありますからねえ。

甲本　クーラーよりむしろ。
小泉　オッだよね。
　　木暮、入ってくる。
皆　おお。
甲本　お帰り。
木暮　なんか、やっぱり難しいみたい。
甲本　ああ、リモコン。
木暮　うん。
小泉　もう、いいよいいよ。
曽我　僕らにはもう、これがありますからねえ。
小泉　この、冷蔵庫と書いて、クーラーが。
　　皆、笑う。
木暮　何してんの？
甲本　これをこう、拾ってきたんだよ。
曽我　こう開けとくと、この部屋がもう、冷蔵庫になるっていう。
小泉　パーシャル。
木暮　いや、っていうか、余計暑くなるよ。
甲本　え？
木暮　開けとくと。
小泉　……どういうこと。
木暮　こうだから、開けっ放しにしとくと、モーターがこう、ずっと回りつづけて、っていうか、（甲本と曽我の周りを指して）そこはもう、断然暑いはずだよ？
甲本　え？
木暮　こう、熱が回ってきて。
曽我　……そういえば、なんかさっきから、汗が吹き出てくるなっていう。
甲本　涼しい気持ちとは裏腹にねえ。
木暮　なんで気付かないの？
小泉　ここは、どうなの。
木暮　そこも、まあ最初はちょっと涼しいけど、もう、だんだん部屋が、サウナみたいになってくるっていう。

小泉　あー……。

甲本　じゃあ、クーラーにはなんないんだ。

木暮　まあ、冷蔵庫だし。

曽我　閉めまーす。（閉める）

小泉、曽我の頭を叩く。

曽我　痛って！　これ僕じゃないでしょう。柴田さんじゃないですか。

小泉　俺はもう、涼しくなるまでお前を叩きつづけるから。

曽我　いや……。

甲本　何じゃあ、リモコン直んないの？

木暮　うん。一応、修理には出してるけど、多分もう部品とかないんじゃないかな。

甲本　マジで？

曽我　そんなにあれ、古い奴なんですか。

木暮　うん。渡したらちょっと、懐かしがってたもん。

曽我　なんと。

甲本　店のオヤジが。

木暮　うん。

曽我　ノスタルジーを。

皆、ぐったり。

小泉　……暑さで死ぬ。

甲本　自ら進んで暑さを得る形になってるからねえ。

小泉　このもう、往復が最悪だったから。

曽我　（冷蔵庫を指して）これ、どうしましょう。

小泉　もう、置いといて。

曽我　ああ。

小泉　その、さらに返しに行く運動量がいやだから。

甲本　いやだけど、これクーラーなしって本当、ヤバイよねえ。

曽我　もう、死活問題ですからねえ。

小泉　その、冬がいいよね。

皆　うんうん。

小泉　願わくば。
曽我　何とかこう、復活できないですかねえ。
木暮　うーん、あとはだから、自治会とかに頼んでみるしかないんじゃない？
皆　あー……。
曽我　新しいクーラーですか。
木暮　うん。
甲本　あいつらだって、全然動いてくれないじゃん。
皆　うんうん。
小泉　申請出しても一切仕事してくれないっていう。
曽我　当てにならないですよねえ。
甲本　っていうか、いるのかどうかすら、分かんないから。
皆　うんうん。
木暮　大体、もぬけのカラだしねえ。
曽我　もう、あるのかどうかすら分かんないですよねえ。
皆　うんうん。
小泉　もう、ないんじゃない。
皆　うんうん。
木暮　まあ、なくは、ないだろうけど。
伊藤、暗室から出てくる。
伊藤　ちょっといい？
小泉　ん？
伊藤　昨日の野球の写真。ほら。（見せる）
皆　おお！
皆、写真に群がる。
木暮　もう出来たんだ。
伊藤　とりあえず、第一弾。
曽我　野球少年どもが。
皆　（見て）おー。
伊藤　結構よくない？　こうほほえましさがでてない？
皆　ん……？
小泉　いや……。
木暮　うん……。

甲本　ヘタ……。
伊藤　は？
曽我　僕ら、こんなんじゃないですよねえ。
甲本　もうちょっとこう、躍動感あったよねえ。
皆　うんうん。
曽我　こう、ばーっと。
伊藤　え、え、どういうこと？
小泉　だから、その俺たちの動けてる感じが、捉えられてない……。
皆　うんうん。
甲本　躍動感がまったくない……。
曽我　この、勢いっていうんですか？
伊藤　いやいや、だって、なかったもん。
小泉　え？
伊藤　躍動感。
皆　いやいや。
小泉　そんなことないだろう。
曽我　ありましたよねえ、充分。
甲本　もっとこう、動けてたもんねえ。

伊藤　（笑って）なかったなかった。
小泉　なかったってどういうことだよ。
甲本　笑ってるし。
木暮　ああ、だからあれなんじゃない。写真がほら、まだあんまり……
皆　あー。
伊藤　はあ？
小泉　それな。
木暮　まあこんなことというとあれだけど……
甲本　ヘタだな。
小泉　技術がない。
曽我　アングルがもっとこう、パンしてね。
皆　うんうん。
伊藤　いやいや、聞いて。プレー。プレーが、下手だったの。
皆　いやいや。
伊藤　技術がなかったの。
曽我　なんちゅう言いぐさですかそれ。
小泉　失礼なお前。

甲本　せっかく撮らせてやったのにねえ。
小泉　っていうか、こんだけ動けるやつらいないよ？
皆　うんうん。
伊藤　（笑って）ええ？
甲本　笑ってやんの。
曽我　（写真を見せて）これなんか僕もう、エラーしてますもん。
皆　あー。
小泉　これはひどい。
曽我　トンネルになってますもん、ただの。
甲本　打球の鋭さがこの、捉えられてないもんな。
伊藤　とりあえず、これ今度のグループ展に出すから。
皆　いやいや。
甲本　ダメだよ。
小泉　何言ってんの？
伊藤　決めたから。
曽我　こんなの出されたら、末代までの恥ですよ。
木暮　学校の中歩けないよねえ。
小泉　だからもう、俺らには肖像権があるから。
皆　あー。
伊藤　ない。知らない。

入り口のドアから、ノックの音。

甲本　……はい。

なんだかさえない風貌の学生（田村）、入ってくる。

田村　あの、ここって、エ、ツ、エ、フ、研究会ですよねえ。

皆、目配せする。

小泉　……違います。

皆、うなずく。

田村　え!?

甲本　ＳＦ研究会ではないです。
田村　いや、だって……え？（表の看板を見ようとする）
木暮　その看板、嘘なんですよ。
田村　嘘？
曽我　あの、僕ら本当はボクシング部なんで。
皆　ええ。
田村　ボクシング部？
小泉　ボクシング部です。
甲本　もう本当パンチパンチでやってるんで。
小泉　ゴングゴングで。
田村　いや……え、だって、……え？
曽我　（ロッカーをガンと殴って）スパーリングやってく？
皆　（止めて）いやいや。
甲本　減量でちょっと気が立ってるから。
田村　ああ……じゃあああの、すいません、失礼しました。
皆　ああ。
木暮　入りたくなったらいつでも。
田村　ああ。
田村、出て行く。
皆　フィー！
小泉　ヤバイヤバイヤバイ！
甲本　今のヤバかったー。
曽我　もう、危険人物ですよ。
小泉　気持ち悪かったよねえ。
皆　うんうん。
木暮　入部希望かなあ。
皆　うーん。
甲本　夏休みに。
伊藤　かわいそう……。なんであんな嘘つくの？
皆　いやいや。
小泉　あれはだって、ヤバイだろう。
甲本　ＳＦ研究したがってたからねえ。
皆　うんうん。
小泉　それで、仲間にちょっと入りたがってたからねえ。

皆　うんうん。
曽我　もう、ＳＦ研究しに来る奴なんて、ろくな奴じゃないですよねえ。
伊藤　あんたたちは？
甲本　いや、俺らはＳＦ研究してないから。
曽我　もうＳＦとの距離のとりかたが違いますから。
甲本　っていうか読んでないし。
皆　うんうん。
小泉　その、読んで、星新一までみたいな。
甲本　教科書の。
曽我　もうだって、ＳＦが何の略かも知らないですからねえ。
皆　うんうん。
木暮　いや、それは、サイエンス・フィクションだよ。
甲本　あー……。
曽我　「すこしふしぎ」とかではなくて。
木暮　それは藤子不二雄が言ってるやつだから。
伊藤　（思いついて）じゃあ、次来たらこう、ウチに回してよ。こう、なんかうまいこと言って。
小泉　ああ……。
木暮　入れるの？
伊藤　うん。部員増やしたいし。
甲本　別にもう三人でいいんじゃないの？
伊藤　いやいやだって、部室ほしいから。ちゃんとした。
小泉　いいじゃん、あの、暗ーいなんか、暗室で。
皆　うんうん。
曽我　じめーっとねえ。
伊藤　嫌だよ。
小泉　なんか臭い感じの。
皆　うんうん。
伊藤　あれはだから、現像液の匂いだって。
甲本　暗臭《くらくさ》い感じで。
曽我　っていうか、なんであそこ暗室しかないんですか？
甲本　お前何、知らないの。
曽我　ええ。何ですか？
小泉　もともと、カメラ部の部室は、ここだったんだよ。
曽我　え、そうなんですか？

小泉　うん。ここと向こうで、カメラ部みたいな。
曽我　あー。
伊藤　それがなんかこの人たちに取られたの。
甲本　いやいや、俺らじゃないけど。
木暮　こうまあ、カメラ部の部員が減って、僕らの上の人が来たっていう。
曽我　あー。だからここしかドアがないんですか。
伊藤　うん。
小泉　でないとこの構造、おかしいだろう。
曽我　ああ、そうですよねえ。
甲本　思いっきり室内通過されてるからねえ。
伊藤　しかも、このせいで余計部員が来なくなってるし。
曽我　あー。
木暮　廊下に面してないもんねえ。
甲本　存在がもう、分かんないからねえ。
伊藤　悪循環。……まあだから、もし次来たら、回してみてよ。
甲本　ああ……。
木暮　いやだけど、あんまりそんな期待してるような人は、来ないよ？
皆　うんうん。
甲本　大体今ので最低ラインだから。
曽我　もう、デニムシャツでね。
皆　うんうん。
伊藤　いやまあ、ダメだったら、断るから。
皆　ああ……。
小泉　そこは、断るんだ。
伊藤　うん。
木暮　妥協はしないんだ。
甲本　もうじゃあ、大体来て、通して、戻っていくみたいな。
皆　うんうん。
曽我　ここ（戻っていくとき）気まずいですよねえ。
　　伊藤、戻ろうとする。
小泉　おいおい、これ（写真）。お前。
伊藤　あげるあげる。

皆　いやいや。
甲本　いらないよ。
小泉　持って帰れよ。
伊藤　（帰りぎわに）出すから。
皆　いやいや。
甲本　だからダメだって。
小泉　訴えるからな。
甲本　ネガを燃やして。

伊藤、暗室へ。

曽我　……（見て）これ、どういう写真なんですかねえ。
皆　うんうん。
小泉　コンセプトが分かんないよねえ。
甲本　何か、ほほえましさとか言ってたけどねえ。
小泉　（曽我に）っていうか、お前は、ちょっとダサかったけどな。
甲本　うん。お前は、ヘタだった。
曽我　いや。みんなもう、同じぐらいだったでしょう。
小泉　キレがなかった。
木暮　だけど、そろそろ何か、断りかたも考えたほうがいいよねえ。
皆　あー。
甲本　ボクシング部？
曽我　もう、きゃしゃですからねえ。
皆　うんうん。
甲本　ボクシングの要素一つもないからねえ。
小泉　なんでみんなあれで帰っていくんだろう。
皆　うんうん。
曽我　じゃあもう、これどうですか。看板を、もうボクシング部にしちゃうっていう。
皆　いやいや。
木暮　それは、普通にボクシング部に入りたい人が来るから。
曽我　（気付いて）ああ。
甲本　俺ら負けるから。
曽我　危ないですよねえ。
木暮　だから、こう何か、ありそうで、なおかつ、誰も入らなさそうな感じの。

皆　うんうん。

小泉　これは？　「文化研究会」。

皆　あー。

小泉　なんか分かんないけど、文化研究会。

曽我　守備範囲広いっすよねえ。

甲本　広すぎて、何もやってないのと一緒だからねえ。

木暮　字面はありそうだけど、

小泉　なんか、誰の心にもひっかからないっていう。

新美、洗面器を持って、入ってくる。

小泉　ああ。

木暮　お帰り。

新美、無言でイスを蹴る。

皆　おお……。

曽我　どうしたんですか。

新美、さらにイスを蹴る。怒っている様子。

皆　ちょっとちょっと……。

小泉　何？

甲本　怒ってる……。

小泉　うん。

木暮　なんかあったの？

新美、ため息。

小泉　……だからどうしたんだよ。

甲本　喋れよ。

曽我　暑さで気が立ってるんですか？

新美　もうもう、お前らめんどくさいわ。

甲本　……は？

木暮　お前ら？

新美　知ってんだよ知ってんだよ。

曽我　だから、何を知ってんですか。

小泉　その、続きを言えよ。
甲本　うん。
新美　とぼけんなよ！
小泉　は？
新美　ヴィダルサスーン。……とっただろ？
皆　いや……。
甲本　ヴィダルサスーン？
新美　俺のヴィダルサスーン、お前らしかいないだろ！
皆　いやいや。
小泉　知らないよ。
甲本　何の話だよ。
曽我　ヴィダルサスーン、とられたんですか？
小泉　怒ってるし。

新美、みんなの頭を嗅いで回る。

木暮　いや、ちょっと……。
甲本　匂い嗅いでるけど。
曽我　僕ら、疑ってるんですか？

小泉　だから、とってないよ俺ら。

新美、分からずに座る。

甲本　それで分かんなかったのかよ。
小泉　何、どうしたの？
木暮　ヴィダルサスーン？
新美　（洗面器を示して）オアシスに行ったら、この中に、ヴィダルサスーンが入ってなかったんだよ。
小泉　うん。
新美　お前らがとったとしか考えられないだろ。
皆　いやいや。
小泉　そんなことはないだろ。
甲本　そうはならないだろ。
曽我　っていうか、ヴィダルサスーン使ってるんですか？
木暮　それすら知らないよねえ。
皆　うんうん。
新美　ちょっと、出せ。

皆　いや……。
新美　出して、謝れ。
皆　いやいや。
甲本　だからなんで俺らを疑ってんだよ。
曽我　どういう濡れ衣なんですかさっきから。
新美　もう、全部推理は出来てんだから。
木暮　何の推理だよ。
曽我　それ、間違ってますから。
甲本　だから、なんか、昨日忘れて帰ってきたとかじゃないの？
皆　うんうん。
新美　忘れ物ボックスの中には入ってなかったんだよ。
皆　……いやいや。
小泉　だとしても、俺らはとってないから。
甲本　ヴィダルサスーンいらないから。
新美　じゃあ、誰がとったんだよ。
木暮　あれは？　昨日、オアシスでとられたってのは？
新美　昨日は頭洗ったんだよ。
木暮　だから、その後とかに。
甲本　こうなんか、湯船に使ってる間とかねえ。
皆　うんうん。
小泉　その辺は、どうなの？
新美　……え？
皆　いやいや。
小泉　「え？」じゃないよ。
曽我　昨日帰るときには、あったんですか？
木暮　洗面器には、入れたの？

新美、考える。

新美　……入れてない。

皆、戸惑う。

木暮　入れてないの？
新美　（気付いて）そっか。昨日だ。
皆　うん。
新美　昨日、オアシスでとられたんだ。

曽我　そうですよ。
甲本　なんか、ボーっとしてる間に。
新美　おお。
小泉　ってことは、俺たちじゃなかったんだな。
新美　うん。
甲本　疑ってたけど……
新美　お前らじゃなかった。
皆　うんうん。
新美　……誰がとったんだよー。
皆　いやいや……。
小泉　謝れよ。
皆　うん。
木暮　疑ったことを。
新美　誰かにヴィダルサスーン、とられたんだよ。
皆　いやいや。
小泉　謝れよ。
甲本　先に、謝れよ。
新美　……悪いやつっているよなあ。
皆　いやいや。
甲本　そらそうとすんなよ。
皆　うん。
皆　（口々に）謝れよ。
新美　（進退窮まって）……※△。
小泉　ん？
新美　ごめんあそばせ。
皆　いやいや。
木暮　ちゃんと謝れよ。
甲本　あそばせってなんだよ。
小泉　……もう、いいけどさあ。

皆、仕方なく許す。

新美　……絶対なんか、つまんないやつがとったんだよ。
小泉　お前だよ。つまんないのは。
新美　俺つまんなくないよ。
甲本　まあ確かに、せこい犯行ではあるけど。
皆　うんうん。
曽我　っていうか何でヴィダルサスーンなんか使ってる

んですか？

木暮　そこが、分かんないよねえ。

小泉　何でちょっといいシャンプーなんだよ。

新美　（得意げに）ヴィダルサスーン使ったら、他のシャンプーは使えないよ。

皆　いやいや。

小泉　知らないよ。

新美　ほらほら。（髪に指を通してみせる）

甲本　ほらって何だよ。

木暮　別に普通の髪じゃん。

曽我　指通りいいんですか。

小泉　謝れよ。

甲本　石松は？

新美　ああ、もうすぐ帰ってくるんじゃない？

甲本　ああ……。

新美　なんか先行っといてとか言ってたから。

曽我　このパターン、またあれじゃないですか。

皆　うんうん。

木暮　絶対またなんか持って帰ってくるよねえ。

小泉　でかいのを。

甲本　でかけりゃでかいほど、ウケると思ってるからねえ。

皆　うんうん。

曽我　体張ってますよねえ。

新美　（見つけて）これ、どうしたの？　冷蔵庫。

皆　ああ……。

甲本　さっき、拾ってきたんだよ。

小泉　うん。失敗したけど。

新美　（思いついて）これね。

新美、冷蔵庫を開ける。

新美　（得意げに）クーラー。

皆　いやいや……。

新美　（自分を指して）エジソンこれ、いたんじゃない？

甲本　いないよ。

曽我　それすると、余計暑くなりますから。

曽我、閉める。

新美　何で。

甲本　だから、俺らもそれで失敗したから。

木暮　開けとくと、モーターが回りつづけて、トータルでどんどん暑くなってくるっていう。

曽我　らしいんですよ。

新美　……納得できねえ。（開ける）

皆　いやいや。

甲本　納得しろよ。

曽我　だから開けないでくださいよ。

新美　なんで、冷蔵庫だったらお前、涼しくなるじゃん。

甲本　だから、なんないんだよ。

小泉　俺らもう、体験済みだから。

曽我　汗がもう、吹き出てきますから。

新美　もっとじゃあ、俺に分かるように説明しろよ。

皆　いや……。

新美　でないともう、開けるよ？

甲本　こいつ、暑くるしー。

石松、入ってくる。
薬局のカエルを持っている。

石松　うぃーっす。

皆　ああ……。

甲本　お前、なんだよそれ。

石松　ケロヨン。

甲本　いや名前じゃないよ。

小泉　お前、それはまずいだろう。

曽我　角の薬局のじゃないですかそれ。

木暮　持って帰ってきたの？

石松　こうほら、眺めてると、涼しいっていう。

皆　いやいや……。

小泉　涼しくないよ。

木暮　カエルで？

甲本　むしろ暑いよねえ。

曽我　こう、熱持ってますからねえ。

石松　……（怒って）じゃあお前ら持って帰れよ。
皆　いやいや……。
甲本　おかしいだろう。
小泉　お前が持ってきたんだろう。
木暮　なんで俺らが。
石松　（曽我に）どこがいい？
曽我　どこでもいいですよ別に。
甲本　っていうか、どこもやだよ。
石松　じゃあこう、番人っぽい感じでね。
　　石松、カエルを入り口のドアの脇に置く。
小泉　……なんの番人なんだよ。
甲本　しかも、門の中で守ってるしねえ。
曽我　守れてないですよねえ。
木暮　しまいに捕まるよ？
石松　いやいや、俺にはもう、かっぱらうテクがあるから。
皆　いやいや……。
木暮　ただの盗みじゃん。
甲本　テクじゃないよ。
曽我　薬局、ショックですよねえ。
皆　うんうん。
新美　石松。これクーラーの替わりになるよなあ？（開けている）
石松　え？
曽我　まだ言ってるんですか？
甲本　だから開けんなよ。（閉める）
新美　こいつら、なんないって言うんだよ。
石松　いや、なんないでしょ。
新美　え？
石松　逆にこうなんか、暑くなるんだよねえ？
木暮　うん。
甲本　ほら。
新美　……お前ら全員、馬鹿。
皆　いやいや……。
小泉　お前が馬鹿なんだよ。
甲本　謝れよ。

石松　……何あれ。
木暮　え？
石松　あのなんか、板みたいな。
　そこには、なにか、大きい板状のガラクタ。
甲本　いや、お前が持ってきたんじゃないの？
石松　……なんで俺なんだよ。
皆　いやいや。
甲本　お前が持って帰ってきそうだからだよ。
曽我　違うんですか？
石松　（笑って）俺あんなの持って帰ってこないもん。
皆　いや……。
小泉　その、お前の盗むあれは知らないけど、違うんだ。
石松　違うって。
曽我　え、じゃあ、誰が持ってきたんですか？
　皆、首を振る。
甲本　新美は？
新美　知らないよ。
石松　っていうかこれ、何？
皆　……？
木暮　僕らが来たときにはあったよねえ。
甲本　うんうん。
石松　俺だってお前らのあとじゃん。
甲本　そっか。
曽我　誰かが、置いていったんですかねえ。
皆　うーん。
　小泉、何かに気付く。
石松　カメラクラブ？
木暮　それだったら何か、言うよねえ。
石松　ああ……。
小泉　……ちょっと、ちょっといい？
甲本　ああ……。
小泉　（首をかしげながら）これね。

曽我　なんか、分かったんですか？
小泉　（ガラクタに付いてるライトを立てて）こうでしょ？
皆　ああ。
小泉　立つね？
曽我　ええ。
木暮　ライト？
小泉　でね、（持って）ちょっと、どいて。
皆　ああ……。（退く）
曽我　運んで。
小泉　その、まさかとは思ったんだけど、（床に置いて）これほら。……タイムマシンじゃん。
皆　……（気付いて）あ！
小泉　ＴＭじゃんこれ。
新美　本当だ！
　それは、まさしく、タイムマシンの形である。
　皆、笑う。

甲本　これあの、ドラえもんに出てくるやつだよねえ。
皆　うんうん。
木暮　よく見るやつだよねえ。
曽我　これ、何ですかねえ。
小泉　違う違う、だから、言うよ？　ＳＦ研ね、俺ら。ＳＦ研に、タイムマシンじゃん。
皆　……（気付いて）ああ！
小泉　もう、うまいじゃん。
　皆、盛り上がる。
石松　やられたー！
新美　馬鹿にされてる。
小泉　ね？
曽我　ちょっと、誰のいたずら？
小泉　いや、ここまで落ちたか。
甲本　ここまでこの、いじられるようになったか。
石松　「ちょっと、ＳＦ研に、タイムマシン置いてやろうぜ」

皆　フィー！
木暮　手が込んでるよねえ。
甲本　ちょっと、曽我。……乗って。
皆、盛り上がる。
曽我　いっや……。
石松　乗れよお前。
甲本　リモコン壊した罰で。
曽我　いやもう、大怪我でしょうこれ。
石松　俺たちを、涼しくさせて。
皆、笑う。
曽我　いや……。
曽我、乗ろうとするも、ためらう。
曽我　これ、乗っちゃだめでしょう。人として。

新美　じゃあ乗って、のび太のマネ。
皆、盛り上がる。
曽我　あなた。
石松　０点のマネ。
曽我、乗る。
皆　おお。
曽我　「ドラえも一ん」。
皆　うわー！（笑う）
曽我　どうですか。
小泉　いや、ヤバイヤバイ。
石松　今もう、雪女が通ったもん。
皆　うんうん。
曽我　やらせといて。あなたたち。
小泉　しかもこう、時間を合わせてみたりして。（ダイヤルを回す）

皆、盛り上がる。

曽我 やめてくださいよちょっとー。
小泉 こう、一日前に。
甲本 よくできてるなー。
新美 じゃあじゃあ、レバーに手をかけてみたりして。
(曽我の手をレバーに)

皆、盛り上がる。

曽我 この手もう、戻せないでしょう。
石松 お前、どこまでもいくなあ。
甲本 だんだん準備が整ってきてるもん。
木暮 タイムスリップの。
曽我 じゃあ、もういっそ、このレバーを、おもむろに引いてみたりして……

その瞬間、タイムスリップっぽい音と光。
タイムマシンが作動。
煙とともに、タイムマシンが消える。

小泉 え?
石松 ……何これ。
甲本 曽我?
木暮 消えた、よねえ。
皆 うんうん。
甲本 なんか、煙を残して。
新美 これは……?

間。

皆 ……いやいや!
小泉 そんなことはないよ。
甲本 あるわけないよねえ。
木暮 それは、違う。
新美 もうだって、アニメだもん。

皆、笑う。

石松　タイムスリップではない。
皆　うんうん。

間。
皆、いっせいに曽我を探す。

甲本　ちょっと曽我ー。
小泉　曽我？
新美　曽我。
木暮　どっかいったのかなあ。
甲本　なんか、逃げていったんじゃない？
皆　あー。
甲本　耐え切れなくなって。
小泉　あいつ、すばしっこいからねえ。
石松　曽我ー。（出て行く）

柴田、暗室から出てくる。

柴田　……どうしたの？
甲本　曽我がなんか、どっか行っちゃったんだよ。
柴田　え？
木暮　なんか、そっちとか行ってない？
柴田　来てないけど。
甲本　どこいったんだよ。
石松　（入ってきて）曽我ー。

再び、タイムスリップの音と光。
煙とともに、タイムマシンに乗って曽我が現れる。

皆　おお！
柴田　何!?
新美　曽我。
木暮　出てきた。
石松　煙とともに。
甲本　お前、どこ行ってたんだよ。

曽我　今ってこれ、今日ですか？
小泉　え？
曽我　今日はこれ、昨日じゃないですか？
新美　曽我？
甲本　混乱してる。
皆　うんうん。
曽我　今日、いつですか!?
小泉　だから、なんの質問だよ。
木暮　今日は、今日だよ。

曽我、大きくため息。

甲本　だからどうしたんだよ。
木暮　どこ行ってたの？
曽我　……昨日ですよ。
木暮　え？
曽我　昨日に、行ってきたんですよ、このタイムマシンで。
石松　昨日？
新美　どういうことだよ。

伊藤、暗室から出てくる。

曽我　こうだから、ふざけてたら、「グニャ」でもう、昨日ですよ。
皆　いやいや。
甲本　分かんないよ。
小泉　グニャ？
曽我　(木暮に) ちょっと、通訳してください。
木暮　いや、だから僕も分かんないよ。
曽我　グニャなんですよもう、すべてが！
皆　いやいや……。
甲本　落ち着けよ。
伊藤　(柴田に) どうしたの？
柴田　私もまだ、つかめてない。
小泉　ちょっと、分かるように説明して。
皆　うんうん。
甲本　漠然としてないで。

曽我　ですから、レバーを引いたらこう、まわりがグニャって歪んで、もう、みんな消えちゃったわけですよ。

甲本　消えた？

曽我　こう、僕を残して。

木暮　ああ、ここでってこと？

曽我　ええ。でもう、なんか分かんなくて、パニクってもう、外に探しに行ったんですよ。そしたらもう、グラウンドで野球ですよ。

皆　いやいや。

甲本　だから分かんないよ。

木暮　野球？

曽我　野球を、してたんですよ、僕らが。こう、躍動感なくて。もう、エラーとかしてて僕が。

木暮　（気付いて）昨日の僕らを見たってこと？

曽我　そういうことです。

皆、どよめく。

新美　昨日の俺たちが、野球してたの？

曽我　そうですよ、もう、昨日の格好で。で、だから気持ち悪くなって、ここに帰ってきて、これをこう、もう一回、動かしたんですよ。こう、一日後にあわせて。そしたらもう、またグニャで、それで、今ですよ。

皆、戸惑う。

甲本　お前それ、嘘とかじゃないよねえ。

曽我　いやだから、本当ですよ。

石松　嘘だったらお前、ものすごい殴るよ？

曽我　だから、乗ってみてくださいよじゃあ。

伊藤　（置いてある写真を見て）これ。……ほら、ここ。

皆、写真に群がる。

伊藤　この、フェンスの後ろ。

石松　（見て）あ！

伊藤　これって、曽我君だよねえ。
甲本　本当だ。
新美　曽我が二人いる。
　皆、どよめく。
柴田　どこ？
伊藤　これ。
柴田　（気付く）本当だ！
小泉　お前、二人写ってんじゃん。
曽我　そうですよ。これ、さっきの僕ですよ。
石松　これって昨日の写真？
伊藤　うん。
甲本　さえないのが二人いるけど。
柴田　これ、どういうこと？
曽我　いやだから、エラーしてる僕を、見てるわけですよ。こうだから、撮られたんですよさっき。
伊藤　あたしに？
木暮　昨日に行って、撮られたってこと？
曽我　そうですよ。もうだって、おんなじ服ですもんこれ。
皆　あー。
小泉　本当だ本当だ。
曽我　もう、動かぬ証拠ですよこれ。
柴田　昨日に行ったんだ。
曽我　もう、野球してたんですから。
甲本　見てるからねえ。
新美　ってことは？
　皆、タイムマシンを見る。
小泉　これ、マジタイムマシンじゃん！
　皆、興奮。
新美　すげえ！
甲本　なに、なにこれ。
小泉　これ、モノホンじゃん！

石松　タイムスリップできんの？
曽我　もう、グニャってなるんですよこれ。
木暮　本物。
曽我　本物ですよこれ。
甲本　現にだって、写ってるからねえ。
曽我　行ったんですから昨日に。
小泉　（レバーを指して）これだから、このレバーでタイムスリップするわけだよ。

皆、盛り上がる。

石松　すげえ！
甲本　やっべえー！
柴田　何でこんなとこにあんの？
曽我　なんかいつのまにかこう、置いてあったんですよ。
柴田　タイムマシンが？
曽我　ええ。
新美　（ダイヤルを指して）これでこう、いつに行くか選べるんだよ。
皆　はー！
小泉　マジで？
石松　こう、ダイヤルを合わせて。
木暮　時間移動できるんだ。
甲本　マジタイムマシン。
曽我　マジタイムマシンですよ。

皆、改めて驚く。
そして笑う。

小泉　もうなんか、分かんないよね。
皆　うんうん。
甲本　分かんない分かんない。
新美　もう俺、夢だと思ってるもん。
皆　うんうん。
石松　俺も。
木暮　そういう収め方になるよねえ。
伊藤　（柴田に）タイムマシンなんだ。
柴田　みたい。

石松　（写真を見て）これってじゃあ、昨日撮ったときにもう、来てたってこと？
曽我　（考えて）……そういうことですよだから。
皆　うんうん。
木暮　昨日、もういたってことか。
曽我　昨日の野球を、見てたんですよ、今日の僕が。
新美　気持ち悪りー！
甲本　お前二人いたのかよ！
石松　全然気付かなかった。
曽我　もうだってみんな、野球に夢中でしたもん。
柴田　そっか、結果が、先にくるんだ。
木暮　そういうことだよね。
曽我　先に出てきてから、後から行くわけですよ。
小泉　なんか、逆だよね。
甲本　因果関係が。
伊藤　（曽我に）タイムスリップって、どんな感じなの？
曽我　いやだからもう、グニャが気分悪いんですよ。体がもう全部裏返る感じで。
木暮　裏返る？
柴田　乗り心地は良くないんだ。
曽我　最悪ですよ。
新美　っていうかお前、タイムトラベラーじゃん。

皆、笑う。

曽我　タイムトラベラーですか僕。
石松　ウォーリーじゃん。
曽我　はからずも。
甲本　やったなあお前。
新美　タイムトラベルしてんなよ。

皆、笑う。

曽我　いや、したくてしたんじゃないですもん、だって。
柴田　っていうか、タイムトラベルってできるもんなんだ。
小泉　もう、とてつもないよねえ。

石松　こう、四次元を通って。
皆　うんうん。
木暮　誰のなのかなあ。
甲本　え？
木暮　これ。
小泉　……分かるかよ。

皆、笑う。

木暮　いや……。
新美　タイムマシンの持ち主なんて、分かるかよ。
甲本　っていうか、存在すること自体が分かんないもん。
皆　うんうん。
曽我　秘密道具ですからねえ。
石松　もう、ありのままを受け止めるしかないっていう。
柴田　ドラえもん、だったりして。こう、未来から。
小泉　……Dが？
石松　未来から、Dが？

皆、笑う。

甲本　Dがこう、乗ってきたのかな。
小泉　TMに乗ってね。
石松　こう、DYを食べながらね。
新美　Aがいっぱい詰まった。
木暮　なんでイニシャルトークなの？
曽我　分かりにくいですよ。

照屋、入ってくる。
青いシャツを着ている。

伊藤　（見て）照屋さん。

皆、驚く。

柴田　びっくりした。
照屋　どうしたの。
曽我　一瞬Dかと思いましたよねえ。

皆　うんうん。
照屋　Dって何？
甲本　でかいDかと思ったよねえ。
木暮　初期の頃の。
小泉　やばいんですよ。
照屋　え？
石松　これね、タイムマシンなんですよ。
皆　うんうん。
小泉　TMなんですよ。
曽我　もう、時間移動できちゃうんですよ、これで。
照屋　（見て、興奮して）ほらほら、俺昨日言ってたでしょ、見たって。
小泉　……え？
照屋　これ何、デジャブっつうの？　俺言ってたよねえ？
甲本　昨日？
石松　どこで見たんですか？
照屋　言ってたじゃん昨日。デジャブじゃない、予知だ完全に、予知だよ。俺見たって言ってたもん！

甲本　どうしたんですか？
照屋　はー。
新美　しかも、これが本物のタイムマシンなんですよ。
皆　うんうん。
柴田　本当に使えるんですよ。
照屋　本物？
新美　もう、タイムスリップできるんですよ。
石松　このレバーで。
曽我　グニャってなるんですよこれ。
甲本　さっきこいつ、昨日に行ってきたんですよ。
小泉　昨日の自分たちを見てきたんですよ。
伊藤　タイムトラベラー。
照屋　何、そうやって俺をかつごうとしてんの？
皆　いやいやや。
柴田　違いますよ。
甲本　マジで本物なんですよ。
石松　もう、置いてあったんですから、この部屋に。
皆　うんうん。
照屋　……今日何、俺の誕生日？

皆　いやいや。
曽我　だから違いますよ。
木暮　それは自分で分かるでしょう。
甲本　ドッキリとかじゃないですから。
伊藤　（写真を見せる）これほら。
照屋　……（見つけて）ええ？
伊藤　昨日の曽我君の向こうに、今日の曽我君。
照屋　あーあー。
曽我　さっき行ったとき撮られたんですよ向こうで。
照屋　これ、昨日の写真？
伊藤　ええ。
甲本　これがだから、タイムトラベルした証拠なんですよ。
照屋　はあはあ。
柴田　もう、おんなじ服なんですよ。
曽我　ええ。
照屋　これ何、これどういうこと？
皆　ああ……。
新美　こう曽我が、過去の自分を見て驚いてるんですよ。
照屋　こう、俺はなんて駄目なんだと。
曽我　いや思ってないですよ。
照屋　え？
曽我　恐れおののいてるんですよ。
照屋　ああ、はあー。
石松　いやだけど、ヤッバイよねえ。
皆　うんうん。
甲本　タイムマシンを、手に入れたからねえ。
新美　ＳＦ研が。
小泉　もう、無敵だよね。
皆　うんうん。

木暮、タイムマシンの中を見ている。

柴田　わかるの？
木暮　いや、わかんないけど、こんなエンジン見たことないからねえ。

皆、同じようにのぞく。

皆　あー。
石松　それっぽい。
新美　タイムマシンっぽい。
伊藤　渋い。
小泉　っていうかさあ、……いつに行く？

皆、笑い、盛り上がる。

柴田　使うんだ。
伊藤　すごい！
小泉　タイムマシンを用いて、いつに行く？
新美　タイムマシンでいつに行くかの会議。

皆、笑う。

曽我　いやだけど、気をつけたほうがいいですよこれ。
甲本　え？
曽我　もう、グニャが相当、気持ち悪いですからねえ。

小泉、曽我を叩く。

曽我　痛って。
新美　気になるかよそんなの。
小泉　何を言い出してんだよ。
曽我　いや、本当にこう、もう裏返るんですから。
甲本　お前が乗り物に弱いだけだよ。
小泉　お前、電車で酔うじゃん。
石松　うん。歩いてても酔うじゃん。
曽我　いや、酔わないですよ。本当やばいんですからこれ。
甲本　どうもなんないよねえ。
小泉　普通に帰ってきてるからねえ。
伊藤　じゃあ、これどう？　未来に行って、未来の自分たちを見てくるっていう。
皆　うーん。
小泉　それな。
甲本　それちょっと、怖いな。

皆　うんうん。
石松　未来は怖いよ。
小泉　もうだってこう、何年後かに行って、もし自分が死んでたりしたら、終わりだからね。
皆　うんうん。
甲本　オチが分かっちゃうっていう。
石松　もう、そのショックで死ぬからね。
木暮　ノイローゼで。
甲本　こう、何年後かに。
小泉　それでなんか、うまいこと辻褄《つじつま》があっちゃうみたいな。
皆　うんうん。
甲本　ショートショ！トみたいな。
石松　いや、未来はやばい。
小泉　っていうか、過去だよね。
皆　うんうん。
新美　タイムトラベルといえば、過去じゃないの？
照屋　結局だってね、未来は自分で切り開くもんだからね。

皆、「うーん」とかみしめる。

石松　本当そう。
曽我　……いや、なんの感じなんですか。
柴田　（木暮に）これって、どのぐらい前まで移動できんの？
木暮　一応九十九年が最大みたいだけど、でもこう、繰り返して使えば制限ないんじゃないかな。
柴田　あー。
甲本　こう、どんどんさかのぼっていく感じで。
木暮　うん。
新美　もうじゃあ、どこでもアリみたいな？
木暮　まあまあ、そういうことだよね。

皆、盛り上がる。

石松　無制限。
甲本　やばいねえ。

小泉　これどう？　恐竜時代。
皆　あー。
石松　ジュラ紀？
小泉　ジュラ紀。
柴田　王道。
小泉　ジュラ紀に行って、恐竜と遊ぶみたいな。
新美　こう、恐竜の背中ですべり台みたいな。
伊藤　やりたい。
曽我　いや、そんな、なつかないでしょう。
木暮　っていうか、いきなりいきすぎじゃない？
皆　ああ……。
木暮　さすがに、何万年前とかだから。
甲本　そっか、一回で九十九年だからねえ。
柴田　じゃあさあ、第二次世界大戦のころに行って、勝つ。
皆　いやいや……。
小泉　勝てないよ。
甲本　どうやってだよ。
柴田　ああ……。
小泉　お前行っても、炊き出しして終わりだから。
柴田　ええ？
曽我　勝ったら勝ったで、なんかまずいですよねえ。
木暮　だいぶ世の中変わるよねえ。
石松　これどう？　だいぶ昔に行って、パンゲアが分かれるのをこう、くい止めるっていう。
皆　いやいや……。
甲本　それできないだろう。
曽我　長いスパンかかってるでしょうあれ。
石松　ああ……。
木暮　その、何でみんな、そんな話のスケールが大きいの？
曽我　別に何だってできる機械じゃないですから。
木暮　タイムトラベルできるってだけだよねえ。
新美　（立ちあがって）じゃあ、一休さんって、実在しなかったんだっけ。
伊藤　いや、するんじゃない？
柴田　したよねえ。
新美　おお……。（座る）

甲本　……何なんだよ。
曽我　どうしようとしたんですか。
新美　うるさいよ。
照屋　俺さあ、ちょっとあの中三の夏に戻ってもう一回やり直したいんだけど。
皆　いやいや。
曽我　そういう機械じゃないですから。
甲本　中三の自分に戻れるとかじゃないですから。
柴田　今のままで戻るだけだよねえ。
照屋　そっか……。
曽我　何があったんですか、中三の夏に。
木暮　何かトラウマが……。
照屋　いやいや。
甲本　だからさあ、結局やっぱ、江戸時代とか、その辺じゃない？
皆　あー。
新美　ちょんまげで。
甲本　こうほら、タイムトラベルしたって感じがするじゃん。
皆　うんうん。
石松　いやいやでも、それだったら、飛鳥時代とかのほうが渋いって。
甲本　いやでも遠いから。
石松　いやだけど、江戸時代なんてテレビでやってるじゃん。
甲本　違う違う。
石松　飛鳥時代は……
甲本　飛鳥時代だって、つまんないじゃん。
　石松、甲本をたたく。
甲本　お前……！
　二人、とっくみあいになる。
　「江戸時代！」「飛鳥時代！」と、言い合いながら。
　皆、止める。

曽我　これなんのとっくみあいなんですか。
小泉　江戸と飛鳥で、お前。
石松　こいつが江戸江戸言うからだよ。
甲本　飛鳥、なんだ飛鳥ってお前。（またもめる）
木暮　どっちでもいいだろ別に。
小泉　どっちもすごいだろう。
柴田　（気付いて）だけど、これって本当にちゃんともどってこれんのかな。
甲本　え？
柴田　だって、まだ一回昨日に行っただけじゃん。
甲本　あー。
伊藤　確かにちょっと恐いかも。
柴田　うん。
伊藤　なんか、戻ってこれなくなったりして。
柴田　うんうん。
照屋　そうなったらだって、その時代での生活だからねえ。
曽我　厳しいっすよ、現代っ子には。
伊藤　うん。
新美　……昨日で。
皆　うんうん。
小泉　まあ、もう一回ね。
甲本　戻ってこれなくなったら困るから。
木暮　とりあえず、一日前で。
照屋　極端に近過去になったねえ。
甲本　それか、一回じゃあケチャに行かせてみる？
皆　いやいや……。
小泉　戻ってこれないだろ。
木暮　犬だから。
甲本　ああ……。
曽我　僕が行ったあとに動物実験やめてくださいよ。
伊藤　昨日。
柴田　まあ妥当なとこか。
石松　これさあ、昨日に行くってことは、こう、今とおんなじ時間に着くってこと？
皆　ああ……。
木暮　そうなんのかなあ。
曽我　多分だから、そういうことですよ。

甲本　野球やってたのがちょうど今ぐらいだったしねえ。
曽我　ええ。
木暮　時刻のダイヤルとかもないし。
石松　ってことはさあ。これすごいよ。昨日に行って、
　　壊れる前のリモコンを持って帰ってくるっていう。
皆　おー！
甲本　なるほど！
石松　これどう？
小泉　お前、ひらめいたなあ。
石松　こう、パッと光ったから。
甲本　電球が。
木暮　この時間ならまだ壊れてないよねえ。
柴田　壊す前のリモコンが手に入るんだ。

　　皆、感心する。

小泉　もうすでにタイムマシンを使いこなしてるよね。
照屋　いやいや、これは凄いねえ。
伊藤　もうじゃあ、決まり。
甲本　もう一回昨日に行って、リモコンを取ってくると。
皆　うんうん。
新美　そしてクーラーを復活させると。
皆　うんうん。
照屋　前代未聞の試みだねえ。
石松　行きたい人。

　　曽我以外のSF研メンバー、手をあげる。

木暮　まあ、こうなるよねえ。
皆　うんうん。
甲本　大方想像はついてたけど。
小泉　（曽我たちに）お前らは？
曽我　僕はもう、こりごりですから。
伊藤　あたしたち、いったん見たいし。
柴田　うん。
甲本　あー。
石松　とりあえずじゃあ、乗ってみる？
新美　一回。

五人、タイムマシンに群がる。

曽我　いや、五人で乗るんですか？
石松　うん。
柴田　小さくない？
小泉　とりあえずじゃあこう、片足ずつ。
皆　うんうん。

五人、タイムマシンに片足を乗せる。

甲本　……これ、乗れてないよねえ。
木暮　タイムマシンだけ行く感じだよねえ。
小泉　っていうか、片足だけ行く感じだよねえ。
新美　ここで、切断されて。
甲本　メチャクチャ恐いよねえ。

皆、慌てて足をどける。

伊藤　じゃあもう無理矢理乗ってみたら？
皆　ああ……。
伊藤　こうなんか、スクラムみたいに。

五人、無理矢理乗る。

甲本　これで……？
木暮　こういうこと？
新美　暑いよ。
小泉　暑いよね。

皆、離れる。

甲本　クーラーまだないから。
新美　気持ち悪いよ。
曽我　人数減らせばいいじゃないですか。
石松　いやだけど、これは絶対五人で乗れるはずなんだよ。
小泉　ドラえもんとかは、五人で乗れてるから。

木暮　っていうか、それを基準においていいの？
曽我　マンガじゃないですかあれ。
新美　いやでも、マンガの秘密道具だから。
二人　うんうん。
曽我　あんたたち、小学生じゃないでしょう。
照屋　じゃあこう、ひとりがそのへりに摑まったらいいんじゃないの？
木暮　え？
照屋　こう、スネ夫みたいに。
甲本　いやだからドラえもんは参考になんないですから。
曽我　確かによくこうなってますけど。
木暮　そいつ、行けないでしょう。
柴田　じゃあもうこう、扇みたいになるっていうのは？
皆　あー。
柴田　この上でこう。
新美　一点で。
木暮　おかしいだろう。
曽我　それどういうタイムスリップなんですか。
甲本　じゃあ、わかった。ジャンケンで決めよう。
木暮　おー。
甲本・木暮、タイムマシンから離れ、ジャンケンの姿勢に。
甲本　ジャンケン三回勝負で……
小泉　いやいや、そんなんいいから。
石松　俺ら行ってくるわ。
小泉・新美・石松はすでに乗っている。
甲本　いやいや。
木暮　なんでだよ。
新美　（制して）もうもう、いいじゃん。順番に行けばいいじゃん。
三人、うなずく。
甲本、無理やり乗ろうとする。
三人、拒む。

石松　壊れるから。
小泉　ここで壊れたら、それこそ寓話だから。
甲本　……お前ら帰ってくるとこに、イス置いといてやるから。
皆　……いやいや。
小泉　それはだめだよ。
木暮　融合するから。
新美　イスと、ややこしいことになるだろ。
石松　もうねえ、素早くリモコンかすめとってくるから。
小泉　こいつは、テクを持ってるから。
木暮　早く戻ってきてよ。
甲本　なんか面白くて戻ってこないとかやめろよ。
新美　大丈夫だよ。
曽我　いやだけどあれですよねえ。いきなり、ここから行かないほうがいいですよねえ。
小泉　え?
曽我　いやだってほら、もうそろそろ僕らが帰ってくる時間じゃないですか。
小泉　ああ。
甲本　野球終わって。
木暮　ちょうど今ぐらいだよねえ。
曽我　ええ。だからほら。鉢合わせしたらもう、大混乱ですよ。
皆　ああ!
小泉　ヤバイヤバイ。
甲本　もう、気が狂いそうになるよねえ。
柴田　もう一人の自分たちが出てくるわけだもんねえ。
小泉　もう、こうなるよねえ。(目をこする)
皆　うんうん。
甲本　で、狂うよねえ。
伊藤　(窓の外を指して) じゃあほら、そこの外でやれば。
皆　あー。
伊藤　誰にも会わないし。
皆　うんうん。
甲本　そこならケチャぐらいだからねえ。
小泉　じゃあもう、庭でね。

皆　うん。

三人、タイムマシンを運ぶ。

新美　時間旅行の庭へ。
木暮　持ち運びやすいサイズではあるんだねえ。
曽我　携帯用なんですかねえ。
小泉　グニャを体験してくるから。
新美　一足先に。

三人、窓の外へ。
残された一同、見守る。

照屋　いよいよ。
伊藤　どういう感じになんの？
柴田　こう、スパークする感じ。
伊藤　おー。
甲本　お前ら、本当に帰ってこいよ。
新美　（声）分かってるよ。

小泉　（窓から顔を出して）じゃあ、お先に。

窓の外から、三人の声。

新美　いやお前が行けよ。
小泉　ああ、俺が先頭ね。
石松　俺これであってるよね？
小泉　一日前ってこれ、あってんのかな？
新美　じゃないの？
石松　過去のほうだよ。
小泉　分かってるよ。

残された一同、ジリジリしつつ、見守る。

新美　……ちょっとそんなにくっつくなよお前。
石松　俺？
新美　暑いよ。
石松　だってお前、こうしないとレバー引けないじゃん。
新美　そんなことないよ。

甲本　ちょっと、早く行けよ。
小泉　ちょっと待って、すごい体勢が悪い俺。
新美　動くなよだから。
石松　俺これ乗れてるよねえ？
小泉　その、エンジンのひざの関係が。
新美　ケチャ、お前くるとクチャクチャになるから。
石松　俺マジで乗れてる？
新美　（笑って）ケチャ、お前ちょっと。
曽我　だから何をやってるんですか。
甲本　行けよ早く。
石松　行くよー。
小泉　待って、ちょっとつりそう。お前持つなよ。
新美　ケチャが、乗ってこようとすんだよ。
石松　よっ。

窓の外から、タイムスリップの音と光。

照屋　消えた！
伊藤　すごい！
柴田　今タイムスリップしたんだ。
曽我　もう今、グニャで昨日ですよ。
甲本　やっと行ったねえ。
木暮　最後まで体勢が決まらなかったけど。
伊藤　あれ、タイムスリップなんだ。
照屋　正直、半信半疑だったけど、これ本物だよ！
柴田　そうですよ。
曽我　ケチャがもうほら、びっくりしてますよ。
甲本　ケチャ、危うくタイムスリップするとこだからねえ。
木暮　犬で初めてね。
伊藤　これってまた、出てくるんだよねえ。
柴田　うん。
甲本　出てくるときのほうが、ショックなんだよ。
柴田　出てくるわけだもんねえ。
甲本　うん。
照屋　へー。

皆、窓の外を見つづける。

木暮　……帰ってこないねえ。
皆　うんうん。
曽我　あれですかねえ、昨日の僕らがもう、いるんですかねえ。
皆　あー。
甲本　様子をうかがってんのかなあ。
伊藤　ってことは、昨日、もう来てたってこと？
曽我　そう……いうことですよねえ。
皆　うんうん。
柴田　そうなるんだ。
木暮　こう、窓の外にいたってことだよねえ。
曽我　気持ち悪いですよねえ。
甲本　様子をうかがわれてたのかなあ。
伊藤　あの三人に。
木暮　全然気付かなかったよねえ。
甲本　なんか投げてやればよかったねえ。
皆　うんうん。
照屋　……ああ、ダメだ。（目をパチパチさせる）
柴田　まばたきしてなかったんですか？
照屋　いやいや、見逃したくないからさあ。
曽我　別に何度でも見れるでしょう。

その時、ノックの音。

木暮　……はい。

田村、再びやってくる。

田村　あのー。
皆　ああ……。
田村　ここってやっぱりエッ、エッ、エフ研究会ですよねえ？
木暮　ああ……。
田村　こう、いろいろ聞いて回ったんですけど。
甲本　ごめん、今ちょっとそれどころじゃないから。
皆　うんうん。
木暮　物凄いイベントの最中だから。
曽我　部外者は、お断りしてるんですよ。

甲本　ええ。
田村　いやあの、部外者じゃないんですけど。
照屋　(田村を見て) おお。……また来たの。
木暮　え？
甲本　知り合いなんですか？
照屋　うん。石松君のねえ、いとこ。
甲本　石松の？
照屋　会ったことない？
曽我　そうなんですか？
照屋　夏休みを利用して、遊びにきてるんだよ。
曽我　ああ……。
伊藤　そうだったんだ。
田村　いや、違いますよ。
照屋　え？
甲本　違うじゃないですか。
木暮　違うの？
田村　ええ。
照屋　いやいやだって、昨日そう言ってたじゃん。
田村　いや、っていうか、会ったことないですよ？
木暮　え？
照屋　(驚いて) いやいや。
柴田　初対面なんですか？
照屋　いやいやそんなことない。昨日だって、あんだけ喋ったじゃん。
田村　昨日はだって、僕こっちに来てないですし。
照屋　いやいや。……マジで？
曽我　誰とカン違いしてるんですか。
照屋　喋ってない。
田村　ええ。
照屋　……(皆に) 今日、俺の誕生日じゃないよねえ？
皆　いやいや。
甲本　だからドッキリじゃないですから。
曽我　分かるでしょう自分で。
木暮　本当に会ったことないの？
田村　ええ。人違いじゃないですかねえ。
照屋　マジで？
柴田　じゃあ、いとこでもなんでもないんだ。
田村　ええ、だってもう全然、時代が違いますし。

柴田　ああ……。
照屋　いやいや、だってものすごい似てるよ？
伊藤　……え？
木暮　今の、どういう意味？
甲本　時代が違う？
田村　……（しまったという風に）あ。
皆　いやいや。
甲本　「あ」じゃないよ。
曽我　今そう、言いましたよねえ。
皆　うん。
田村　聞こえちゃいました？
甲本　いやだって、言ったから。
木暮　聞こえよがしに。
柴田　どういうこと？
照屋　時代が違う。
田村　ええまあ、年代っていうか。
甲本　……お前、何？
皆　うんうん。
田村　あのですね、これちょっと、びっくりしないで聞いてほしいんですけど、
皆　うん。
田村　ああ、でも、逆にこう、ノーリアクションってのも変な話なんですけど。
甲本　だから何だよ。
曽我　言って早く。
田村　あの、（ガラクタの辺りを見て）そこになんか、大きい板みたいな、こう……。
木暮　タイムマシン。
田村　ああ、知ってるんですか。
皆　うん。
田村　（感心して）さすがですねえ。
皆　いやいや。
甲本　だから言えよ先を。
曽我　その先が聞きたいから。
田村　あの、実は僕、あれに乗ってきたんですよ。こう、未来から。
伊藤　未来？
柴田　タイムスリップしてきたってこと？

田村　ええ、そうです。

　皆、どよめく。

照屋　いつの未来から。
田村　西暦、二〇三四年から。
曽我　二〇三四。
甲本　……まあ、そんなに未来でもないけども。
木暮　二十五年後だよねえ。
田村　ええ。
柴田　待って。じゃあ、二十五年後の、人なの？
田村　ええ。僕だからあれなんですよ。二〇三四年の、エ、ツ、エ、フ研究会の部員なんですよ。

　皆、驚く。

甲本　マジで？
曽我　ＳＦ研？
田村　ええ。
木暮　二十五年後の。
田村　そうです。
曽我　僕らのじゃあ、後輩ってこと？
田村　お疲れ様です！
皆　いやいや。
甲本　分かんない分かんない。
木暮　挨拶されても。
柴田　ってことは、未来人なんだ。
田村　（照れて）いやまあ、そういうことになっちゃいますねえ。
照屋　いやいや、照れてるけども。
曽我　未来人。
伊藤　ってことは、あのタイムマシン、あなたが置いてったの？
田村　そうなんですよ。着いたらこう、誰もいなかったんで。
木暮　ここに乗ってきたってこと？
田村　ええ。二〇三四年の、この部室から。
木暮　ああ……。

柴田　二十五年後もこの部室なんだ。
田村　ええ。
甲本　いや、っていうかその、タイムマシンは、何なのかっていう。
皆　うんうん。
木暮　なんで普通にあるの？
田村　いやだから、作ったんですよ。
木暮　え？
田村　エ、ツ、エフ研の、みんなで。
曽我　作ったた!?
柴田　タイムマシンを？
田村　こう、設計図を見ながら。

皆、どよめく。

曽我　どういう科学力それ。
木暮　個人的に作ったの？
田村　ええ。
伊藤　すごい！
柴田　作れるもんなんだ。
照屋　タイムマシンをねえ。
甲本　っていうか、本当にSF研究してんのかよ。
曽我　活動方針がもう、変わってますからねえ。
木暮　今とねえ。
田村　いや、っていうか、皆さんが書いたんですよねえ。
曽我　え？
田村　設計図。あの、タイムマシンの。
皆　いやいや。
甲本　書いてないよ。
木暮　なんの話？
田村　違うんですか？
甲本　いやだって書けないから。
曽我　タイムマシン書けないですよねえ。
田村　いやだって、日付がそうなってましたよ。
柴田　日付？
田村　設計図の。
伊藤　いつになってたの？
田村　今日に。

木暮　今日？
田村　ええ。え、本当に書いてないんですか？
曽我　いやだから書けないいってば。
甲本　俺ら普通の大学生だから。
田村　ああ……。
柴田　じゃあ、自分たちで設計したわけじゃないの？
田村　いやだって、さすがにタイムマシンは無理ですし。
木暮　まあ、僕らも無理だよねえ。
甲本　おんなじように無理だよねえ。
照屋　そのじゃあ、なんか設計図がどっかにあったの？
田村　ええこう、部屋を大掃除してたら、こうなんか古い冷蔵庫が出てきたんですよ。でこう、開けると、その中になんと、設計図が入ってて。
照屋　ほおー。
田村　で、これはってことで、みんなで盛り上がって、作ることになったんですけど。
甲本　冷蔵庫？
柴田　もしかして、これのこと？（冷蔵庫を指す）
田村　ああええ、これです。この中に、こう入ってたんですよ。
曽我　……もう、全然分かんないですけどねえ。
皆　うんうん。
甲本　とりあえず、俺らはこれを捨てに行かないいんだっていう。
曽我　ええ。
田村　え、じゃあ、誰なんですかねえ。
皆　うーん。
木暮　もっとこう、後の人なのかなあ。
曽我　そういうなんか、黄金期が来るんですかねえ。
甲本　SF研の。
田村　ああ……。
伊藤　じゃあ、今日に来たのも、それだったんだ。
田村　ええ。こうだから、ルーツを探りに来たっていうか。
照屋　設計者に会いに来たと。
田村　ええ。だけど、違ったみたいですねえ。
皆　うんうん。
甲本　とりあえず、決して俺たちではないよねえ。

木暮　そういう活動してないからねえ。
照屋　黄金期ではまったくないからねえ。
曽我　いや、ほっといてくださいよそれは。
柴田　だけど、本当にタイムマシンができたんだ。
伊藤　それがもう、すごいよねえ。
照屋　作った人がいるっていうことだからねえ。
田村　で、どこにあるんですか？
曽我　え？
田村　タイムマシン。
曽我　ああ……。
甲本　いや、それがほら、知らなかったからさあ。
田村　え？
木暮　ちょっと今、使ってみてるっていうか。
甲本　昨日に行ってんだけど。
田村　ああ、じゃあ誰かが乗ってるんですか。
皆　うん。
曽我　いやだけど、遅いですよねえ。
木暮　もう帰ってきてもいいころだよねえ。
田村　ああ、いいですよ全然。
甲本　ああ……。
田村　別に急いでるわけでもないですし。
柴田　みんな待ってないの？
田村　いやだって、タイムマシンですし。
柴田　え？
田村　向こうに着く時間を調節すれば、いつでも好きな
　時間に帰れるっていう。
皆　ああ……。
木暮　時間も設定できるの？
田村　ええ。
曽我　ダイヤルついてなかったですけどねえ。
柴田　なんかやり方があるの？
田村　ついてないんですか？
柴田　え？
田村　ダイヤル。
皆　いや……。
曽我　なかったですよねえ。
木暮　時間のは……。
田村　あー、そうなんですか。

皆　いやいや。
柴田　知らなかったの⁉
田村　ええ。
甲本　お前なに、あんまり詳しくないの？
田村　いやだって僕、パイロットですし。
皆　いやいや。
曽我　そういう問題じゃないでしょうそれ。
甲本　ですしって。
木暮　パイロットだからこそだよねえ。
柴田　一日が、最小単位なんだよねえ。
田村　あー、じゃあみんな待ってるかも知れないですねえ。
皆　うんうん。
照屋　待ってるよ。
甲本　全然帰ってこないわけだからねえ。
田村　ああ……。
伊藤　とりあえずじゃあ、ここで待ってたら？
田村　ああ……。じゃあ、そうさせてもらっていいですか。
木暮　どうせすぐ戻ってくるしねえ。
田村　じゃああの、お言葉に甘えて。
曽我　……どういう未来人なんですかねえ。

田村、座る。

柴田　だけど、未来人なんだ。
伊藤　全っ然見えないよねえ。
柴田　うん。
曽我　もっさりしてますよねえ。
照屋　しかもサンダルだからねえ。
田村　ところが、これなんと未来人なんですよ。
照屋　ああ……。
甲本　もうだって、言葉が古いもんねえ。
曽我　「これなんと」とか、言わないですよねえ。
木暮　僕らですらねえ。
伊藤　名前、何ていうの？
田村　ああ、田村です。
照屋　田村君。

田村　田は、あの田じゃないですか。で、あの木へんの村で。
甲本　いや、それしかないだろ。
曽我　っていうかもう、昭和の苗字ですよねえ。
木暮　農業っぽい……。
柴田　田村君か。
田村　（部屋をみて）いやだけど、いいですねえ。
曽我　え？
田村　新しくて。

皆、戸惑う。

甲本　ああもう、今より古いんだ。
田村　ええ、二十五年後ですし。
木暮　一切改築とかも、ないんだ。
柴田　同じ部屋なの？
田村　もう、自治会が全然動いてくれないんで。
曽我　あれいつまで動かないんですかねえ。
甲本　二十五年間動いてないからねえ。
田村　（思いついて）そうだあの、ずっと気になってたんですけど、ヽヽヽヽヽエッエフって、どういう意味なんですか？
曽我　（戸惑って）エッエフ？
柴田　エスエフじゃないの？
田村　ああ！……エスエフなんですか！

皆、驚く。

木暮　名前変わってるってこと？
曽我　エッエフ!?
田村　いやもう、僕が入ったときにはもう、すっかりエッエフ研になってたんで。
甲本　なんだよエッエフって。
田村　いや、だから、意味わかんなかったんですよ。（見渡して）あー、だからいっぱいSFの本があったんですねえ。
曽我　堕落してますねえー。
柴田　今よりさらにレベル下がってんじゃん。

甲本　ただの舌ったらずだと思って、あんまり触れなかったけどねえ。
曽我　いつしかこう、意味を失っていったんですかねえ。
照屋　二十五年後って、どんな感じなの。
田村　え？
照屋　こう、世の中は。
曽我　いや、それ聞いちゃうんですか？
甲本　さっき未来は切り開くとか言ってたじゃないですか。
照屋　ああ。
伊藤　じゃあさあ、この大学の周りとかって、どうなってんの？
皆　あー。
甲本　それは聞きたい。
木暮　それぐらいなら。
柴田　こう、駅前辺りとかねえ。
皆　うんうん。
曽我　メトロポリスが？
田村　あの、今って、駅のななめ向かいに、映画館があるじゃないですか。
甲本　おお。
田村　あれがもう、二〇三四年だと、コンビニになってるんですよ。
皆　おー。
柴田　そうなんだ。

間。

曽我　いやそれだけ？
田村　あとはまあ、そんなに変わってないですかねえ。
木暮　変わってないの？
田村　ええ、さっき見てきた感じだと。
伊藤　一緒なんだ。
曽我　伸びない町ですねえ。
照屋　二十五年たってるのにねえ。
柴田　っていうか、あの映画館なくなっちゃうんだ。
田村　そうなんですよ。
甲本　あれはだって、今にもつぶれそうだもんねえ。

曽我　もう、傾いてますからねえ。
甲本　物理的に傾いてるからねえ。
柴田　ちょっとショックかも。
田村　ああでも、実際なくなるのはもっとあとらしいんで。
曽我　ああ……。
柴田　知ってるんだ。
田村　っていうかあの、昔、僕のお母さんがよく行ってたらしいんで。
伊藤　お母さん？
田村　ええ。お母さんも昔、ここの学生だったんですよ。
皆　へー。
照屋　そうなの。
田村　ちょうどだから、今ぐらいの。
曽我　え、じゃあ、そのもう、今この辺りにいるってこと？
田村　ええ。だからさっきも映画館の前で待ったりしてみたんですけど、やっぱり分かんなかったですねえ。
皆　あー……。

柴田　会おうとしたんだ。
田村　ええ。
照屋　「バック・トゥ・ザ・フューチャー」みたいだねえ。
甲本　っていうか、会わなくてよかったよねえ。
皆　うんうん。
曽我　会ってたら、まずかったですよねえ。
田村　どういうことですか？
甲本　いやだって、この息子はねえ。
皆　うんうん。
照屋　産んでもらえなくなるかもしれないからねえ。
皆　うん……。
曽我　まあ、言っちゃうと。
木暮　うん。
田村　いや、大丈夫ですよ。
甲本　え？
田村　むしろ、産みたくなるんじゃないですか。
木暮　いや、なんの自信なの？
曽我　割と、つらいですよねえ。

田村　だって、僕を産んでくれたお母さんですし。
甲本　いやだから、まだ育ててないから。
木暮　この時点では。
照屋　いきなり産んだ覚えのない息子が来るからねえ。
甲本　びっくりしますよねえ。
曽我　っていうかもう、歴史の流れ変わりますよねえ。
木暮　未来が変わるよねえ。
甲本　こう、ぼんやり消えたりして。
田村　あ！　そっか。そうですよねえ。
皆　うんうん。
照屋　危なっかしいねえ。
伊藤　どういうこと？
木暮　え？
伊藤　未来が変わるって。
甲本　いやだからこう、今が変わるから。
木暮　それにともなって、なんかこう、未来も。
曽我　もともと、こう会ってないわけですからねえ。
皆　うんうん。
柴田　待って。ってことは、今を変えると、未来が変わるの？
甲本　いやだから、そうだよ。
曽我　言ってるじゃないですか。
柴田　ってことは、過去を変えると、どうなんの？
皆　ああ……。
甲本　そりゃまあ、今が変わるんじゃない？
木暮　現在が。
伊藤　じゃあ、今の私たちは？
柴田　そうなるよねえ。
曽我　ああ……。
柴田　例えば、昨日に行った三人が、リモコンとってくるじゃん。
甲本　ああ……。
柴田　だけど、昨日はとられてないわけでしょ？……これ、おかしくない？
伊藤　おかしい。
柴田　うん。
伊藤　なんか、矛盾してる。
曽我　それは……こうじゃあ、今、涼しいんじゃないですか？
皆　いやいや……。
木暮　まあ、そうなんか、うまくいけばいいけど。
照屋　（田村に）分かる？
田村　いや、ちょっと僕、パイロットなんで。
照屋　ああ……。
甲本　いやだからそれ、理由になってないから。
木暮　いなくなるんじゃないかな。
柴田　え？
木暮　今の、僕らが。
甲本　いなくなる？
柴田　どういうこと？
木暮　いやまあ、分かんないけど、こう過去があって、今の僕らがあるわけじゃん。
甲本　ああ……。
木暮　その過去がこう、変わるわけだから。
甲本　ああ……。
曽我　それで、いなくなるんですか？
木暮　こうだから、そこからこう、新しい流れができて、僕らのほうはもう、存在しなくなるっていうか。この、こっちの流れ自体が。
曽我　そういうことになるんですか？
甲本　リモコンとってきたぐらいで？
木暮　まあだから、分かんないけど、でもとりあえず今の僕らと、辻褄が合わなくなるわけだから。
柴田　じゃあ、あの三人が過去を変えたら、私たちいなくなるってこと？
木暮　可能性は、あるんじゃないかな。

皆、戸惑う。

甲本　いや……。
伊藤　いなくなるの？
照屋　それはねえ、やだよねえ。
皆　うんうん。
伊藤　嫌。
曽我　いなくなりたくないですよねえ。
甲本　いたいよねえ。

木暮　とりあえずだから、気付かれる前にもう一回戻しに行けば、問題ないと思うけど。
柴田　え？
木暮　僕ら的に、こう成立してればいいわけだから。
皆　ああ。
柴田　そっか。
曽我　昨日の僕らが気付く前に。
木暮　うん。
柴田　だけど、それって、もうすぐじゃないの？
曽我　僕らがオアシスから帰ってきて、すぐですよねえ。
伊藤　あの、コーラこぼした。
曽我　ええ。
木暮　だから、それまでになんとかできれば、
甲本　……ちょっとあいつら何やってんだよ。
皆　うんうん。
曽我　遅いですよねえ。
田村　なんか、大変なことになっちゃいましたねえ。
皆　いやいや……。
木暮　なんで他人事なの？
田村　だって、僕は時代が違いますし。
木暮　ああ……。
曽我　っていうか君、何してくれてんの。
皆　うんうん。
甲本　危険性を、知らなすぎる……。
木暮　パイロットにしても。

そのとき、窓の外から、タイムスリップの音と光。

柴田　帰ってきた。

皆、窓際へ。

甲本　お前ら遅いよ……。
伊藤　（タイムマシンを見て）いない。
照屋　タイムマシンだけが。
柴田　なんで乗ってないの？
曽我　なんか、向こうであったんですかねえ。

皆、戸惑う。

田村　それか、遊びにいってんじゃないですか?
柴田　え?
田村　こう、今の僕みたいに。
甲本　……(木暮に)行こう。
木暮　うん。
甲本　とりあえずこう、あいつら分かってないから。
柴田　行くの?

甲本・木暮、窓の外へ。

木暮　(田村に)ちょっと借りるよ。
田村　ああ、どうぞ。
曽我　気をつけて。
甲本　いやいや、お前もこいよ。
木暮　うん。
曽我　いやなんでですか。
伊藤　行かないの?
曽我　いやだって、グニャやばいですもん。
甲本　いいから来いよお前。
木暮　人数いたほうがいいから。
曽我　マジですか?
甲本　お前昨日に詳しいから。
曽我　いや僕一回行っただけじゃないですか。

曽我、窓の外へ。

柴田　今って大丈夫なの?
木暮　僕らはもういないから。
田村　(外を見て)三人で乗れるんですねえ。
甲本　早く乗れよお前。
曽我　分かってますよ。
木暮　行くよ。

窓の外から、タイムスリップの音と光。

伊藤　……消えた。
田村　行っちゃいましたねえ。
照屋　なんか、えらいことになっちゃったねえ。
皆　うんうん。
柴田　余計、ややこしいことになんなきゃいいけど。
田村　タイムマシンって怖いんですねえ。
伊藤　っていうかさあ、昨日あたしたち、あの三人に会ったよねえ。
柴田　え？
伊藤　ここで。
柴田　ああ。
伊藤　……あれって、もしかして。
柴田　……あ。
田村　どうしたんですか？
照屋　……あ。
　音楽。
　暗転。

●2景（8月19日午後2時20分）

　蟬の声。
　照明、点く。
　誰もいない部室。
　しばらくして、カメラを持った伊藤、入ってくる。
　そして、暗室へ。

小泉　……（窓から入ってきて）出た出た出た。
石松　（窓から入ってきて）間違いない。
小泉　もう、撮影を終えて、帰ってきたから。
石松　昨日の伊藤が。
小泉　うん。
新美　（窓から入ってきて）過去？
小泉　近過去？
石松　今これ、タイムトラベラー？
　三人、盛り上がる。

小泉　昨日じゃん！
新美　すげえ。
小泉　昨日の部室じゃん！
石松　来たー。
新美　これ、分かりにきぃー。
小泉　もうこれ、ほとんど変化ないもん。
新美　ぼんやり昨日みたいな。
小泉　もう、今日と一緒だもん。
石松　もうだってほら。ケロヨンいないからね。
新美　ああ！
小泉　マジでマジでマジで？

入り口のドアの脇には、カエルがいない。
皆、盛り上がる。

新美　番人がいない！
石松　もう、点線になってるもん、こう。
小泉　今まだだから、薬局にいるわけだよね。
石松　こう、俺にさらわれるのを待ってるから。
新美　今か今かと。

小泉、机の上のリモコンを指す。

小泉　……これね。
新美　うん。
石松　マジで？
小泉　壊れたよね？　これ。
新美　壊れたはずのリモコンが？

小泉、リモコンをクーラーに向け、ボタンを押す。
「ピッ」と音がして、クーラーが動き出す。
皆、興奮。

小泉　点いちゃうからね。
石松　（風を感じて）サワーッとこう。
新美　待ちわびた風が。

小泉　もうだってこれ、自由自在だもん。

小泉、リモコンを何度も押し、クーラーを点けたり消したり。

皆、盛り上がる。

新美　風を操ってやがる！
小泉　風神だから。
石松　そして、そのコーラに蝕まれる前のリモコンを？
小泉　我々未来人が、（リモコンをポケットに入れて）失敬するわけだよね。

皆、笑う。

新美　過去から。
石松　ミッションコンプリート。
小泉　もうだって、未来人だからね。
新美　任務がもう、鮮やか。
石松　もう、文明が違うから。

皆、笑う。

小泉　いやー、来たねえ。
新美　過去かー。
小泉　っていうかあの、グニャって、何でもなかったよね。
皆　うんうん。
石松　何でもなかったー。
小泉　もう、普通だからね。
新美　ちょっとしたエレベーターの急降下だもん。
石松　ふわっとね。
小泉　あいつの力説が意味わかんないから。
石松　（真似て）「グニャってなるんですよー」

皆、笑う。

小泉　普通。

石松　いざ乗ってみると、普通。
新美　（気付いて）これってお前、今伊藤が帰ってきたってことは。
小泉　ああ！
石松　マジで？
新美　野球少年たちが、帰ってくるんじゃないの？
皆、盛り上がる。
小泉　怖えー！
石松　どうする？　どうする？
小泉　（窓の外を指して）ちょっとじゃあ、隠れよう。
二人　おお。
小泉　こう、なんか庭から聞いてる感じで。
三人、窓のほうへ。
その時、ドアの外の廊下から話し声。
石松　……来た来た来た来た。
新美　ヤバイヤバイヤバイ。殺される。
三人、慌てて窓の外へ。
廊下から、甲本たちの声が聞こえてくる。
甲本　（声）お前、本当なんだって。
曽我　（声）それ、誰から聞いたんですか。
甲本　（声）照屋さん。
甲本・曽我、グローブを持って入ってくる。
「昨日」の、SF研メンバーである。
曽我　あの人よく分かんないですよねえ。
甲本　あの人だって、この学校のことメチャクチャ詳しいから。
曽我　うーん。
甲本　……お前、信じてないだろう。
曽我　いや、信じないですよだって。
甲本　残念ながらお前、カッパになるわ。

曽我　カッパになんないですよ。意味が分かんないですもん、まず。

木暮、入ってくる。

甲本　（木暮に）なあ。本当なんだよなあ。
木暮　何、カッパ様？
甲本　カッパになるっていう。
木暮　たたりがあるらしいからねえ。
曽我　ここ二人、信じてるんですか。
二人　うん。
曽我　おっかしい。ボールが当たっただけじゃないですか。
甲本　いやだって、相当鋭い送球だったから。
木暮　あれはちょっとねえ。
曽我　僕じゃないですもん。新美さんがよけたからじゃないですか。
甲本　お前マジで謝っといたほうがいいよ。
木暮　土下座で。
曽我　（木暮に）あなた理系なのに、何をオカルト信じてるんですか。

小泉・石松・新美、バットとグローブを持って入ってくる。

石松　あちかったー。
小泉　もう久々に運動したから。
石松　いやー。
曽我　もう、すぐ行きますよねえ。
皆　うんうん。
小泉　すぐ行く。
曽我　アズスーンアズ。
小泉　汗がこれもう、半端じゃないから。
甲本　着替え持ってくりゃよかったねえ。
新美　もう本当、運動なんてするもんじゃないよね。
皆　うーん。
木暮　まあそんなことはないけど。
甲本　（得意げに）写真。俺、結構いけたと思うんだよ。

皆　はいはい。
小泉　意外な躍動感を見せたからね。
木暮　ＳＦ研にしてはねえ。
甲本　俺も自分でびっくりしたもん。
皆　うんうん。
甲本　ああ、こんなに動けるんだーっていう。
曽我　いやだけど、あれですよね。やっぱ３・３で野球は厳しいですよねえ。
皆　うーん。
木暮　人数的に。
甲本　満塁のチャンスでバッターいなかったからねえ。
曽我　誰が打つんだっていう。
小泉　あとあれだね、ケチャにライトは無理だね。
皆　うんうん。
小泉　犬は無理だね。
新美　ボールをもう、投げないもん。
曽我　じゃれ合うだけになるっていうね。
木暮　ピッチャーとキャッチャー以外の守備が、一人とケチャだから。
小泉　守り薄いよねえ。
甲本　点数がもうラグビーみたいになってたからねえ。
曽我　お互い疲れ果てて、ギブアップして終わりっていうね。
甲本　やめようって言って、終わりっていう。
石松　俺今日オアシスで、三たびマッサージロボットに挑戦するから。
皆　いやいや。
小泉　あれはヤバイって。
石松　今日こそ耐えぬくから。
甲本　マジであれ骨折れると思うけどねえ。
曽我　あれなんであんな力強いんですかねえ。
新美　癒されるとおもいきや、こらしめられるからねえ。
曽我　赤ひげ先生のような。
木暮　明らかに普通の人、使えないよねえ。
小泉　っていうかもう、あの銭湯自体、いろいろおかしいけどね。
皆　うんうん。
曽我　いろいろある。

甲本　名前がもう「オアシス」っていうのがおかしいから。
曽我　普通「なんとか湯」ですよねえ。
小泉　しかも、どの風呂も微妙にこう、しびれるっていう。
皆　うんうん。
石松　しびれるんだよ。
甲本　こう、すべての風呂が電気風呂とつながってるっていう。
木暮　仕切りが低くてね。
曽我　デブが入ってくると、あふれて、電気が通ってしびれるっていうね。
新美　あのドライヤーももう、全っ然風こないの。
皆　うんうん。
小泉　熱気がなんかほんのり漂ってくるっていう。
甲本　音だけ凄くて。
新美　ここだけ、夏みたいになるっていう。
皆　うんうん。
石松　行こっか。
皆　おお。

皆、立ちあがる。

小泉　汗を流しにもう。
新美　都会のオアシスへ。

棚から洗面器を持って、ぞろぞろと出て行く。
甲本、封筒から財布にお金を足す。

曽我　……そんなに持っていくんですか？
甲本　ああ……帰りにちょっと寄るとこあるから。
曽我　ああ、買い物。
甲本　うん。行って。
曽我　ああ。

二人、出て行く。
「今日」の小泉・石松・新美、窓から入ってくる。

小泉　（笑って）これはヤバイ。
石松　もう、俺たちじゃん。
小泉　昨日ともう、全く同じ会話だったから。
石松　昨日の俺たちじゃん。
新美　（笑って）俺あんな声なのかよ。
石松　お前あんな声だよ。
新美　ダッサい声。
石松　って言ってる声がもう、ダサいから。
小泉　っていうか、くだらない会話だったねえ。

皆、うなずく。

石松　生産性なかったー。
小泉　もう、ずっと風呂の話してるからね。
新美　で、行くのかよ。最終的に。
石松　あんだけ文句言っといて。
小泉　結局行くんだみたいな。
新美　それとこれとは別なのかよ。
小泉　好きなんだみたいな。いや、これはやばいよねえ。

新美　タイムスリップやばい。
小泉　うん。
石松　っていうかさあ、追いかける？
小泉　マジで？
石松　あいつら。
新美　後つけて行っちゃう？

皆、興奮する。

石松　怖えー！
小泉　もう、尾行だよね。
新美　昨日の俺たちを。
小泉　オアシスに行く、かつての俺たちを。

皆、盛り上がる。

新美　その前にじゃあ、ちょっと。
小泉　何？

新美、窓の外へ。

新美　マッシーンを、

小泉　あー。

石松　今日に送ると。

新美　うん。

窓の外から、タイムスリップの音と光。

新美　（戻ってきて）これでもう。やつらもスリップできるから。

小泉　優しい。

新美　友達思い。

石松　（ドアを指して）じゃあちょっと、自分探しに。

皆、笑う。

小泉　もうだって、手に取るように分かるから。

新美　行動が。

三人、出て行く。

蝉の鳴き声。

しばらくして、窓の外からタイムスリップの音と光。

甲本　（声）……これ、着いたの？

木暮　（声）じゃないかな。

甲本、窓の外から部屋をのぞく。

甲本　誰もいない。

甲本、部屋に入ってくる。

続いて、木暮も入ってくる。

木暮　（見渡して）昨日、か。

甲本　あいつら、どっか行ったのかなあ。

木暮　書き置きとか、ないよねえ。

甲本　ないねえ。
木暮　リモコンも……？
二人　ないねえ。

曽我、窓の外からゆっくり部屋に入ってくる。

甲本　どこいったんだよ、あいつら。
木暮　まだ、近くにいるはずだよねえ。
甲本　曽我？
曽我　（座りこんで、気持ち悪そうに）あー、ちょっと、待ってください。
甲本　お前、何やってんだよ。
曽我　今ちょっと、やばいんで。
木暮　グニャが？
曽我　ええ。
甲本　別に何ともないじゃんか。
木暮　うん。普通だよねえ。
曽我　大丈夫です。

曽我、立とうとして、また座る。

甲本　だからなにやってんだよ。
木暮　そんな、気持ち悪くないだろ。

そこへ、柴田、入ってくる。

柴田　おはよう。

三人、凍りつく。

柴田　どうしたの？
皆　いやいや。
甲本　何でもないよ。
木暮　別に……。
柴田　ああ……。
甲本　行って。
柴田　うん……。

柴田、暗室のドアをノックする。

伊藤 （声）はい。

柴田 入っていい？

伊藤 （声）ちょっと待って。

柴田 ああ。

三人、戸惑う。

柴田 今日って、撮影だったんだよねえ。

甲本 ……え？

柴田 野球の。

甲本 うん。

柴田 どうだったの？

木暮 ……もう……。

甲本 ……うん。

柴田 なんで最小限しか喋んないの？

甲本 いやいや、そんなことないよ。

曽我 いくらでも喋りますから。

甲本 なに喋る？

木暮 どんな話題でももう。

柴田 ああ……何で立ってんの？

皆 いやまあ……。

曽我 座れといわれれば、座ることもできるし。（座る）

皆 うんうん。

甲本 こうしたりとか。（ポーズ）

木暮 自由に。

間。

柴田 なんか今日、気まずくない？

皆 いやいや。

甲本 そんなことないって。

曽我 気まずくないですよ。

木暮 全然、ふつうだよねえ。

柴田 ああ……。

伊藤、暗室から出てくる。

伊藤 ＯＫ。
柴田 ああ。
伊藤 ……（皆を見て）あれ？

皆、戸惑う。

曽我 ……何ですか？
伊藤 早くない？
甲本 ……早い？
伊藤 お風呂。服もう、着替えてるし。
甲本 ああ……。
曽我 行って、帰ってきたんですよねえ。
皆 うんうん。
甲本 すごい早く。
曽我 今日はね、カラスでしたからねえ。
木暮 ほとんど洗ってないからね。
甲本 まったく洗ってない。
柴田 （棚を見て）洗面器は？
甲本 ああ……。
柴田 ないけど。
木暮 ……忘れたのかな。
皆 うんうん。
曽我 やっちゃいましたか。また。
甲本 すーごい勢いで出てきたから。
柴田 三人とも忘れたの？
甲本 うん。
曽我 もうだってこれ、ズッコケ三人組ですからねえ。

三人、笑う。

木暮 ＳＦ研の。
甲本 ズッコケちゃった。
曽我 もう、気をつけないとこれ。
伊藤 なんか、怪しくない？
柴田 怪しいよねえ。
三人 いやいや。

甲本　怪しくないよ。
木暮　別に。
甲本　お前らが怪しいんだよ。
二人　いや……。
柴田　私たち怪しくないよ。
伊藤　うん。

小泉、戻ってくる。
「今日」の小泉である。テンションが高い。

小泉　おお。
甲本　ああ……。
小泉　来たの？
甲本　は？
小泉　来ちゃったの？
木暮　……何が？
小泉　何がじゃないよ。
木暮　ああ……。
小泉　なんで普通なんだよ。この、ご時世に。

甲本　お前、テンション高いなあ。
小泉　（柴田に）ヤバイっしょ。俺たち。
柴田　え？
小泉　俺たちっていうかもう、SF研ヤバイっしょ。
柴田　ヤバイ？
小泉　SFヤバイっしょ。
甲本　もうだって、全然SF研究してないからねえ。
曽我　大体遊んでますからねえ。
小泉　いや、そういう意味じゃないよ。
曽我　え？
小泉　そっちのヤバイじゃないよ。ここでは。
伊藤　何言ってんの？
甲本　小泉。……お前、あれ。ダメ。
小泉　は？
甲本　ちょっと、狂ってる。
小泉　何がだよ。
曽我　もう、言ってること支離滅裂ですから。
甲本　文脈が通ってないから。
木暮　あれじゃない？　こう、のぼせちゃったんじゃない？

二人　あー。

小泉　いやいや……。

甲本　長いこと入ってるからだよお前。

柴田　大丈夫？

曽我　まあ、あの、そういうことなんで。

甲本　あんまり見ないであげて。

木暮　もうちょっとしたら直ると思うから。

小泉　は？

甲本　しかもお前、また洗面器忘れてんじゃないかよ。

曽我　ズッコケ四人目ですかあなた。

小泉　だからその、何？

甲本　（二人に）ほら。行って。

柴田　ああ……。

木暮　別に本当に何ともないから。

甲本　よーく言い聞かせとくから。

伊藤　……わけ分かんないねえ。

柴田　うん。

曽我　もう世の中、分かんないことだらけですから。

甲本　そしてこのことは忘れて。

柴田　なんか、お大事にね。

甲本　おお。

曽我　お疲れ様でーす。

柴田・伊藤、暗室へ。

小泉　だから、何なんだよ。

甲本　いやお前が何なんだよ。

小泉　は？

曽我　危うく、いなくなるとこでしたよねえ。

甲本　危なかったー。

木暮　どこ行ってたの？

小泉　いやだから、尾行してたんだよ。

木暮　尾行？

小泉　昨日の俺たちを。

曽我　いやじゃあ、追いかけていってたんですか？

小泉　うん。

甲本　お前らそれ、何やってんだよ。

曽我　会ったらどうするんですか。
木暮　他の二人は？
小泉　ああ……その、石松は、もうすぐ帰ってくると思うけど。
甲本　新美は。
小泉　いやなんか、オアシス。
甲本　オアシス？
木暮　なんで？
小泉　なんか昨日のその、犯人見つけに行くみたいな。あの、ヴィダルサスーンの。
甲本　ヴィダル……。
曽我　ってことはこう、僕らと一緒に入ってるってことですか？
小泉　うん。
甲本　あいつ、やっべー。
小泉　いやだから、何なんだよ。
曽我　これちょっと、未曾有のピンチですよねえ。
木暮　僕ちょっと、連れ戻してくる。
甲本　ああ。
木暮　あとの二人、ちゃんとしといて。
曽我　気をつけてくださいよ。
木暮、出て行く。
小泉　……どうしたの？
曽我　いやもう、ヤバイんですよ。
小泉　おお。
甲本　俺らがこう、いなくなるかも知れないんだよ。
曽我　過去を変えると。
小泉　いなくなる？
甲本　お前ら、リモコンどうしたの。
小泉　ああ、いや、俺が持ってるけど。
甲本　ちょっと、返して。
小泉　なんでだよ。
甲本　だから、過去が変わるからだよ。
曽我　僕ら、いなくなるんですから。
小泉　その、それは、どういうあれなんだよ。
甲本　ちょっともう、本当にヤバイから。

曽我　ええ。
甲本　とりあえず、いったん返して。
小泉　だから、説明が足りないだろ。
そこへ、石松、カエルを持って登場。
石松　ケロヨーン。
甲本　（驚いて）お前、何取ってきてんだよ！
石松　ケロヨーン。
甲本　だから名前じゃないよ。
曽我　なんで取ってきたんですかそれ。
石松　こう、二つにしたいから。
曽我　え？
石松　こう、「あうん」っぽい感じで。
甲本　いや、ならないよ。
石松　なるよ。
甲本　だから、こっちで取ったら、向こうで取れないから。
曽我　こっちで取ってないからこそ、向こうで取れるんですから。
甲本　うん。
石松　……（小泉に）何言ってんの？
小泉　分かんない。
甲本　いやだから、……とりあえず、言うこと聞いて。
小泉　うん。
石松　何？
甲本　リモコンと、ケロヨン置いて、帰って。
小泉　だから何でだって。
甲本　だからいなくなるからだよ！
曽我　こう、過去が変わると、現在も変わっちゃうんですよ。
甲本　うん。
石松　……分かんない。
小泉　もう、平行線だよね。
甲本　あの本当、あとでちゃんと説明するんで、帰ってください。（土下座する）
曽我　お願いですから。（土下座する）
石松　……いやです。

甲本　だから帰れよ！
曽我　なんですかあなた。
小泉　……なんか、帰ろっか。
石松　そこまで言われたらねえ。
甲本　（喜んで）マジで？
小泉　（リモコンを出して）これじゃあ、返せばいいの？
甲本　ごめん、なんか。（受け取る）
曽我　じゃああの、タイムマシンで。

二人、窓に向かう。

石松　……と言いつつファミコンを取ったりして。（取る）
曽我　いやちょっと！
甲本　触んなよ！
小泉　といいつつ机を動かしたりして。（動かす）
曽我　だから！
甲本　変えんなよ過去を。
曽我　なんですかあなたたち。
甲本　帰れよ。
小泉　行こう。
石松　（二人を指して）ボケてるのに、注意。
甲本　だから、ボケてる場合じゃないんだよ！

二人、窓の外へ。

曽我　（タイムマシンを見て）それ、戻してくださいよ。
甲本　俺ら、帰れなくなるから。
小泉　（声）うん。
石松　（声）といいつつ、草をむしったりして。
甲本　もういいよ、それくらいなら。
小泉　（声）いい？

窓の外からタイムスリップの音と光。
二人、ため息。

甲本　あいつら、めんどくせー。

曽我　スキあらばボケますからねえ。
甲本　TPOをわきまえてないから。
曽我　あとはじゃあ、新美さんですか。
甲本　うん。あとこのケロヨンと。
曽我　ああ……。（うなだれる）
二人　めんどくせー！
甲本　とりあえず俺、薬局に戻してくるから。
曽我　ああ。
甲本　お前、待ってて。
曽我　新美さんを。
甲本　うん。（カエルを持って）……これ重い。
曽我　ああ……。
甲本　リアルに重い。そして熱い。
曽我　行けますか、一人で。
甲本　うん。開けて。
曽我　ああ。（入り口のドアを開ける）
甲本、カエルを持って出て行く。
曽我、ドアを閉める。

イスを戻したり、机を微調整したりする。
リモコンを手に取り、何かを思いつく。
棚からビニール袋を取り出し、リモコンを包んでセロテープで止める。
その時、窓の外からタイムスリップの音と光。
曽我、窓の外を見る。

小泉　（窓から入ってきて）ヤバイヤバイヤバイ。
曽我　いやちょっと。
小泉　もう全部理解したから。
曽我　なんで帰ってきたんですか。
小泉　俺らもちょっと、手伝うよ。
曽我　いや……。
田村　（窓から入ってきて）どうしたらいいですか？
曽我　田村君！
小泉　向こうでもう、いろいろ聞いたから。
田村　何でも協力しますよ。
曽我　いやいいですよ来なくて。
小泉　いや……。

曽我　（田村に）お前なんで来た？
田村　僕もだから、未来人として。
曽我　普通の人でしょう君。能力何もないのにそれ、（見て）石松さん！
石松、窓の外からタイムマシンを部屋に入れる。
小泉・田村、受け取って、中へ。
曽我　なんで入れてるんですかちょっと！
石松　いやいや、ケチャに見つかるとヤバイから。
二人　うんうん。
曽我　いや、ここのほうがヤバイでしょう。動物じゃないですかそれ。
石松　（気付いて）ああ……。
曽我　ちょっと、なんだあんたたち。帰ってくださいよ。
そこへ、照屋、入ってくる。
照屋　おお。
皆、固まる。
照屋　（タイムマシンを見つけて）何それ。……タイムマシン？
三人、照屋に向かって動き出す。
小泉　……ちょっとすいません。ちょっとすいません。
照屋　え？
照屋を外へ出す。
小泉　ちょっとすいません。
照屋　何、どうしたの？
石松　ちょっと、なしで。
照屋　なし？
小泉、ドアを閉める。

小泉　ヤバイヤバイヤバイ！
曽我　今、思いっきり見られたじゃないですか！
石松　どうしよう。
田村　さっそくピンチですねえ。
曽我　言ったじゃないですかだから！　何ですか、なしって。もう大混乱ですよ！
小泉　とりあえずこれちょっと、隠そう。
石松　おお。
曽我　いや今さら遅いですよそれ。え、ちょっと……。
皆、曽我をタイムマシンに乗せる。
石松　お前、乗って。
曽我　いや……。
田村　いつでもいいですよね？（ダイヤルを回す）
小泉　うん。
石松　（曽我に）十分後ぐらいに戻ってきて。
曽我　いや、やめてくださいよちょっと。
田村　いきますよ。
小泉　うん。
曽我　いや、だから、ああ！
田村、レバーを引く。
タイムマシンが音と光とともに消える。
石松　……よし。
田村　とりあえずこっちはＯＫですよね。
小泉　あとはもうじゃあ、こっちだから。
二人　おお。
小泉　もう、しぜーんにね。
石松　演技力で。
石松・田村、態勢を整える。
小泉、照屋を招き入れる。
小泉　いいですよ。
照屋　（ほくほく入ってきて）どうしたの。

小泉　いやいやなんかもう、はちゃめちゃだったんで。
照屋　あー。（見て）あれ。……タイムマシンは？
小泉　え？
照屋　今あったじゃん。そこに。タイムマシン。（うれしそうに）
小泉　いやいやちょっとなんか、聞こえないです。
照屋　いやいや。タイムマシン、聞こえるでしょ？
小泉　ええ。
照屋　タイムマシンが、あったじゃんここに。

小泉、首をひねる。

小泉　……（石松に）夢？
照屋　いやいや夢じゃない。見たもん俺。そこに。ぽつんと。
石松　いやだって、タイムマシンはないでしょう。
小泉　もう秘密道具だからねえ。
石松　うん。
照屋　いやいやそうなんだけど、それをわかった上でだよ。……（驚いて）ない？
小泉　ええ。
田村　なんか、白昼夢でも見たんじゃないですか？
石松　それだ。
小泉　なんか疲れてるんですよ。
照屋　……俺が。
小泉　ええ。
石松　こう、デイドリームを見たみたいな。
照屋　あー……。
小泉　あなた何歳ですか？
田村　（笑って）タイムマシンなんて、ないですから。
照屋　（田村を指して）誰？
小泉　え？
照屋　さっきから普通に溶け込んでくるけど。
小泉　ああ……。
石松　僕のいとこなんですよ。
田村　ええ。
小泉　夏休みを利用して遊びにきてるんですよ。
照屋　あー。あ、そうだったんだ。（急に親しく）

田村　よろしくお願いします。
照屋　ああ、いやいや、こっちこそよろしく。
田村　ああ。
照屋　全然そう見えないねえ。
小泉　似てないなーって言ってたんですよ。（と、うっかり曽我のいた空間を見つつ）
照屋　（気づいて）曽我君は？
小泉　え？
照屋　曽我君いたよねえ、さっき。（小泉の視線を指して）これだって曽我君でしょう。この目線、曽我君見てるよねえ。
田村　帰ったんですよ。
小泉　ええ。
照屋　帰った？
小泉　なんかものすごい急いで。
石松　窓からバーっと。
照屋　今帰ったの？
田村　なんかねえ、バイトの面接があるとか言って。
小泉　居酒屋とかいってたっけ。
石松　居酒屋。
田村　（笑って）バイトの面接忘れるなんて、最悪ですよねえ。
小泉　雇いたくないからね。
照屋　ああ……。
石松　まあ、以上ですよね。
皆　うんうん。
田村　（暗室を指して）出て行ってください。

照屋、不審そうに、出て行く。

小泉　もうだって、一個も矛盾《むじゅん》ないからね。

照屋、暗室のドアをノックする。

柴田　（声）はい。
照屋　入っていい？
柴田　（声）ちょっと待ってください。
照屋　ああ。

照屋、待つ。

小泉　……入れないんですか。
照屋　うん。
小泉　ああ……。
照屋　（田村に）なんでわざわざ大学まできたの。
田村　え？
照屋　こんなへんぴなとこまで。
田村　ああ、いやまあちょっと、見学っていうか。
石松　俺の学び舎を見にきたんだよね。
田村　ええ。
照屋　ほー。……なんか面白いもんあった？
田村　ああ……。
照屋　俺、この学校のことといろいろ詳しいから。
小泉　もうだって、何でも知ってますよね。
石松　学長に講釈をたれる男だから。
照屋　もう何でも聞いて。
田村　ああ、じゃあちょっとあの、質問なんですけど。
照屋　おお。
田村　あの、グラウンドの端になんか、カッパみたいなこう、銅像が立ってるじゃないですか。
照屋　ああ、カッパ様。
田村　ああ、あれ、カッパ様っていうんですか。
照屋　うん。
田村　あれって何なんですか？
照屋　あれはねえ、（座って）ちょっと話せば長くなるんだけど。（軽く咳払い）
田村　ああ……。
小泉　もう、語る姿勢だから。
石松　声をよくして。
照屋　その昔、このあたりにはこう、沼があったんだよ。
田村　ええ。
照屋　で、その沼はこう、非常になんていうか、深くて、危ないからみんな近づかないようにしてたんだよ。だけど、ある日こう、ひとりの村人が、その近くを通り掛かると、誰かがこう、その沼で泳いでたと。
田村　ええ。

照屋　それで、これはちょっと大変だってことで、村人はもう、村の人たちを呼びに行って、こう、みんなで助けにきたと。するとなんとそこで、泳いでたそいつが、突然みんなの前でふっと、姿を消したんだよ。
田村　ああ。
照屋　で、あれっと思って近づいてみると、もうそこには誰もいなくて、ただ生暖かい風が吹くばかりだったという。
田村　ああ……。
照屋　それが、カッパ様だということだ。
石松　不思議だよねえ。
照屋　うーん。
小泉　もうだって最後、語り部の口調だからね。
田村　それが、じゃあ、あの銅像なんですか。
照屋　そういうことなんだよ。
田村　あー。
石松　勉強になった？
田村　ええ。
柴田　（声）いいですよ。
照屋　（暗室に）ああ。（田村に）じゃあね、また何でも聞いて。
田村　ああ。
照屋　なんでも答えられるから。
田村　どうも。
小泉　お疲れ様です。

照屋、暗室へ。

石松　ヤッバかったー。
二人　うんうん。
田村　もう、危機一髪ですよね。
石松　何とかごまかした。

外で待っていた甲本、入ってくる。

甲本　お前ら、何やってんだよ！
皆　おお。

甲本　なんで？　なんで戻ってきてんの？
小泉　いやいやもう、やばかったんだよ。
皆　うんうん。
甲本　そしてなんで話し込んでんの？
田村　聞いてたんですか。
石松　お前らを手伝いにきたんだよ。
皆　うん。
甲本　は？
小泉　ちょっともう、話聞いたらうわーってなって。
田村　何したらいいですか？
甲本　いやだから、いいよ来なくて。
小泉　え？
甲本　人手はもう足りてるから。嬉しいけど。
小泉　いやいや……。
甲本　ちょっと本当、マジ帰って。あの、余計こじれるから。
田村　それが、あの、まだ帰れないんですよ。
甲本　え？
石松　タイムマシンが今ちょっと出払ってて。
小泉　曽我を乗せて。
甲本　どういうこと。
田村　さっき、ちょっと見つかりそうになったんでこう、どっかに飛ばしたんですよ。
小泉　照屋さんが、入ってきたから。
石松　いやだけど、いかんせん、どこに行ったか、分かんないからねえ。
皆　うんうん。
小泉　いかんせん。
田村　適当に合わせちゃいましたからねえ。
小泉　っていうかあれ、やばかったー。
皆　うんうん。
石松　ちょっと、見られてたもん。
皆　(笑って) うんうん。
甲本　……お前らちょっと本当あの、絶交。
皆　いやいや……。
小泉　何でだよ。
甲本　荒すぎる。
石松　っていうかあの、とりあえず新美呼びに行かないと。

皆　おお。

皆、出て行こうとする。

甲本　（制して）いやだから、いいよ行かなくて！
小泉　え？
甲本　多いから。待ってればいいからここで。
皆　いやいや……。
石松　行くよ。
甲本　いやだから、木暮が全部やってるから。ちょっともう本当、じっとしてて。何もしないで！
小泉　……そんないっぱい言わなくてもねえ。
石松　人をポンコツみたいに言いやがる。
甲本　だからもう、思ってないから。
田村　心外ったらありゃしないですよねえ。
皆　うんうん。
小泉　ありゃしない。
石松　本当、ありゃしない。
甲本　（気付いて）……お前ら、リモコンは？
小泉　え？
甲本　あの、クーラーの。どこやったの？
小泉　いやいや、返したじゃんさっき。
甲本　だから、その後だよ。
小泉　あと？
甲本　うん。ないじゃん。
小泉　いや、知らないよ。
甲本　……お前らじゃないの？
小泉　うん。
甲本　いや……。え、マジで？（探す）
石松　ありゃしない？
小泉　ありゃしない。
甲本　だからいいよ流行んなくて。ちょっと本当、探して。あれないとヤバイから。
石松　（気付いて）そっか、過去が変わるんだ。
小泉　ああ。

二人、机を動かしたりして派手に探す。

甲本　だから何やってんだよお前ら！
小泉　え？
甲本　過去を動かすなよ！
石松　ああ……。
甲本　もっとだから、地味に……。

田村、暗室のドアをノック。

伊藤　（声）はい。
甲本　いやいやいや。
田村　え？
甲本　それは分かんない。
田村　いやちょっと聞こうと思って。
甲本　いやいや、ありえない。

伊藤、暗室から出てくる。

伊藤　（出てきて）どしたの？
甲本　何でもない。
伊藤　は？
甲本　（ヒジが）当たった。
伊藤　ああ……。
甲本　ごめん。

甲本、伊藤を帰し、ドアを閉める。

田村　ダメなんですか？
甲本　……（ため息）
小泉　お前それはダメだよ。
石松　歴史が変わるから。
甲本　お前ら、わざとやってるだろ。
皆　いやいや。
小泉　そんなことないよ。
石松　真剣だよ。
甲本　もう本当あの、オモシロくしないでいいから。
小泉　だからしてないよ。
甲本　ちょっと本当、つつましく探して。

石松　（探して）いやだけど、ないよねえ。
小泉　うん……。

木暮、新美を連れて戻ってくる。

皆　ああ。
甲本　お帰り。
小泉　新美。
新美　おお。
木暮　何でみんないるの？
甲本　なんか、帰したのに戻ってきちゃったんだよ。
木暮　ああ……。
新美　見張ってたのに連れ戻されちゃったよ。
石松　お前マジでヤバかったよ。
小泉　もう、消えるか否かだから。
新美　は？
木暮　タイムマシンは？
甲本　なんか、曽我といっしょに、どっかいっちゃってるらしいんだよ。
木暮　なんで？
田村　ちょっと隠しにいってて。
小泉　さっき見つかりそうになったんだよ。
木暮　ああ……。
新美　（田村を指して）誰これ。
皆　ああ……。
田村　二〇三四年の、田村です。
新美　は？
石松　未来人。
小泉　タイムマシンの持ち主なんだよ。
新美　マジで？
田村　どうも、お疲れ様です。
新美　おおー。

新美と田村、話しだす。

甲本　っていうかさあ、今ちょっとやばいんだけど、
木暮　何？
甲本　なんか、リモコンがなくなっちゃって。

木暮　いや……クーラーの？
甲本　で、今ちょっとあの……（新美と田村に）うるさいよ！
新美　なんだよ。
甲本　だから今ちょっと、リモコン探してんだけど。
木暮　この部屋でなくなったの？
甲本　うん……。
田村　なんかこう、誰かが持っていっちゃったんですかねえ。
甲本　え？
田村　僕らがくる前に。
甲本　ああ……。
石松　ケチャ。
皆　いや……。
木暮　窓から？
新美　いや、ケチャは入ってこれないよ。
石松　え？
新美　あいつのジャンプ力は四十センチ弱だから。
石松　ああ……。
小泉　なんの知識だよ。
木暮　曽我は？
甲本　え？
木暮　その、タイムスリップしていったんだよねえ。
甲本　ああ……。
石松　そういえば、あいつなんか持ってた。
小泉　ああこう、リモコン的なものを。
甲本　マジで？
木暮　リモコン的？
小泉　こう、のべ棒的な……。
甲本　いや、それはもうリモコンだよ。
木暮　間違いなく。

その時、窓の外からタイムスリップの音と光。

石松　帰ってきた。
小泉　曽我！

曽我、窓から入ってくる。

全身ずぶぬれ。そこにあったタオルで、体を拭く。

甲本　お前、どうしたんだよそれ。

小泉　ずぶぬれじゃん。

木暮　何があったの？

曽我　沼ですよ。

小泉　沼？

曽我　九十九年前の沼に落ちたんですよ！

石松　あの、カッパ様の。

甲本　お前じゃあ、九十九年前に行ってたの？

曽我　もう適当にダイヤル合わせられて、長めのグニャのあと、ドボンですよ。

木暮　もうじゃあ、いきなり沼だったの？

曽我　一瞬もう、何がなんだか分かんなかったですもん。

木暮　ああ……。

小泉　よく帰ってこれたなあ。

田村　あの深い沼に落ちて。

曽我　あなたたち、送り込んだからでしょう。

甲本　曽我。お前、リモコンどうした。

木暮　クーラーの。

曽我　え？

石松　行くときお前持ってたじゃん。

曽我　……（口を押さえる）

木暮　どうしたの？

曽我、頭をかかえる。

甲本　だからどうしたんだよ。

小泉　言えよ。

曽我　……沼ですよ。

甲本　え？

曽我　沼にもう、落としてきたんですよ。はまったときに。

皆、驚く。

甲本　マジで？

木暮　手に持ってたの？
曽我　ええ。あー！
石松　（怒って）お前、何やってんだよ！
小泉　何で持ってんだよ。
曽我　いやもう、乗るつもりなかったですもん、だって。
田村　自分がやったこと分かってるんですか？
曽我　いや、僕!?
甲本　今ならまだ沼に浮いてるかも。
木暮　ああ……。
石松　（曽我に）お前ちょっと、取りに行ってこい。
曽我　いや、もうだって藻がやばいですから。
石松　え？
曽我　手足にまとわりついて、死にそうだったんですから。
石松　ああ……。
小泉　いやだけど、これヤバイよねえ。
甲本　過去が変わるからねえ。
木暮　普通にコーラがこぼれるだけになるっていう。
皆　うんうん。
新美　だから、なんでダメなんだよ。
甲本　え？
新美　過去が変わると。
木暮　何回説明しても分かんなくて。
甲本　ああ……。
新美　ちょっと誰か、俺に分かるように説明しろよ。
甲本　お前ちょっと今、面倒ください。
新美　何だよ！
曽我　これだけど、どうしましょう。
小泉　だからとりあえず、ここに同じリモコンがあればいいんだよね。
皆　ああ。
甲本　そっか、あのリモコンじゃなくても、
木暮　僕らにバレなきゃいいわけだから。
皆　うんうん。
新美　何、お前らみんな分かってんの？
曽我　いやだけど、あのリモコン、ないですよねえ。
皆　うーん。
木暮　もう作ってないやつだからねえ。

新美　分かってないの俺だけ!?
石松　じゃあ、さらに昨日に取りに行くっていう。
皆　いやいや……。
甲本　だからそれ、繰り返しになるから。
木暮　おとといが変わるから。
石松　ああ……。
新美　石松分かってないじゃんかよ。
小泉　例えばこう、昔に買いにいくっていうのも……ダメだよねえ。
皆　うーん。
曽我　持ち合わせないですからねえ。
小泉　だよね。
新美　それは、俺も思いついてたよ。
甲本　だけど、とりあえず早く何とかしないとまずいよねえ。
皆　うーん……。
新美　だけどダメだと思ってたから言わなかったんだよ。
甲本　うるさいよ!
曽我　考えてますから今。
新美　ちょっと、俺も混ぜろよ!
　田村、窓の外へ行こうとする。
小泉　（田村に）どこ行くの?
田村　ちょっと、待っててもらえます?
小泉　え?
田村　何とかなるかもしれないんで。
小泉　マジで?
木暮　心当たりあるの?
田村　いやまあ、分かんないですけど、とりあえず行ってみます。（窓の外へ）
甲本　だからどこ行くんだよ!
　窓の外からタイムスリップの音と光。
木暮　……行っちゃった。
小泉　いや言っていけよ!
曽我　何を、含みもたせて。

甲本　この大変な時にねえ。
木暮　どっかから持ってくるのかなあ。
曽我　それだったら、またややこしくなりますよねえ。
小泉　（曽我に）っていうかお前、臭いよ。
甲本　うん。
曽我　いや、しょうがないでしょうだって。
石松　沼臭いよ。
曽我　だから、あなたが送ったんじゃないですか。
新美　デーン。（ポケットからヴィダルサスーンを出す）
小泉　何それ。
新美　ヴィダルサスーン。
木暮　ヴィダルサスーン!?
甲本　お前、どうしたんだよそれ。
新美　連れ戻される前にとってきたんだよ。
甲本　え？
新美　木暮の目を盗んで。
曽我　自分のとこからとってきたんですか？
新美　こう、せめて盗まれる前に。
曽我　いや……。
小泉　っていうか、犯人お前じゃん。
皆　うん。
新美　え？
石松　自分で自分のをとってんじゃん。
新美　……（気付いて）あっ！
皆　いやいや。
曽我　何やってんですか。
小泉　自業自得じゃん。
石松　自問自答じゃん。
甲本　これは……どうなんだろう。
木暮　なんか、うまく回ってるからセーフなのかなあ。
新美　俺だったのかよ。
石松　お前、ナンセンスだなあ。
曽我　一人上手ですよねえ。
小泉　っていうかやっぱり、お前がつまんないやつだよ。
皆　うんうん。

窓の外から、タイムスリップの音と光。

皆　おお。

田村、窓から入ってくる。

木暮　どこ行ってたの？
田村　これで、いいんですよね。（リモコンを出す）
皆　ああ！
曽我　リモコン！
甲本　お前それ、どっから取ってきたんだよ。
田村　なんとですね、二〇三五年の、三月です。
曽我　二〇三五？
田村　ええ。
木暮　未来から持ってきたの？
田村　そうです。っていうか、もらってきたんですけど。
甲本　もらった？
田村　こう、未来の、僕らから。

皆、どよめく。

木暮　じゃあ、自分たちに会ってきたの？
田村　ええ。いややっぱ、さすがに話早かったですね。
木暮　ああ……。
田村　どうぞ。
曽我　ああ……。（リモコンを受け取る）
田村　未来に行くのは問題ないんですよね。
甲本　いや、ないけど……。
曽我　っていうか、なんで未来にあんの？
皆　うんうん。
田村　いやだって、ずっと使ってるんで。
曽我　え？
田村　（クーラーを指して）あれ。
木暮　ずっと同じクーラーなの!?
田村　ええ。
石松　二十五年間？
田村　そうなんですよ。

皆、驚く。

甲本　マジかよ。
曽我　これあと二十五年？
田村　ええ。
小泉　寿命長げー。
新美　これあと四半世紀もつのかよ。
田村　ああ、なんで、まあよかったら使ってください。
曽我　ああ……。
木暮　いやまあ、そりゃあ。
甲本　ありがたく使わせてもらうけどねえ。
皆　うんうん。
曽我　え、じゃあ、こういうことですか？（リモコンをテーブルに置く）
甲本　うん。
石松　これでもう、解決？
木暮　そういう、ことだよねえ。
皆　うんうん。
曽我　思わぬ解決でしたねえ。
田村　なかなかこれ思いつかないでしょ。
小泉　っていうかなんか、すごいウルトラCだよねえ。
皆　うんうん。
甲本　一回こう二十五年たって、戻ってきてるからねえ。
曽我　アクロバティックですよねえ。
石松　モリスエ。

皆、笑う。

木暮　ってことは、あのリモコンが直るってことかな。
甲本　あの、修理に出してる。
木暮　うん。
曽我　そういう、ことなんですかねえ。
甲本　未来にあるってことはねえ。
田村　じゃないですかねえ。
新美　もう、全然分かんないよ。
石松　（田村に）いや、だけど、これからつらいよ。
皆　あー。
田村　え？
小泉　クーラーのない夏がくるから。

曽我　それ考えるとなんか、申し訳ないですよねえ。
甲本　といいつつ、返しはしないけど。
　皆、笑う。
石松　もらうけど。
田村　ああ、大丈夫ですよ。もうそれ、いらなくなったんで。
小泉　え？
木暮　どういうこと？
田村　ついに、自治会に申請が通ったんですよ。
甲本　申請？
田村　新しいクーラーを、買ってくれるっていう。
皆　あー。
曽我　それで。
田村　ええ。だから全然、壊してもらっていいんで。
甲本　っていうか、やっと買い替えんのかよ。
小泉　なんか、初めて仕事したよね。
石松　不動の自治会が。
曽我　こう、山が動いた感じですよね。
木暮　じゃあ、三月っていうのもそれだったんだ。
田村　ええ。予算がでる時期なんで、ひょっとしたらと思って。
木暮　あー。
曽我　（田村を指して）ちゃっかりしてますよねえ。
甲本　もっさりしてる割に。
　皆、笑う。
田村　この時代は失礼な人ばっかりなんですか？
石松　（気付いて）だけどさあ、そろそろ帰らないと。
皆　ああ！
小泉　ヤバイヤバイ。
木暮　もうすぐ昨日の甲本が帰ってくるもんねえ。
皆　うんうん。
石松　大急ぎで。
小泉　ちょっとじゃあ、行こう。
皆　うん。

皆、窓の外へ。

甲本　……いやいや待って。俺が？

小泉　いやお前だよ。

木暮　うん。

甲本　いやなんでだよ。

曽我　あなた、一目散に帰ったじゃないですか。

皆　うんうん。

甲本　いやだって、昨日はお前らのほうが早かったじゃん。

皆　いやいや。

小泉　そんなことないよ。

石松　いたじゃんお前。

新美　着替えてたじゃん。

甲本　は？

曽我　はじゃないですよ。

田村　どうしたんですか？

甲本　昨日はだって、俺買い物行ってたじゃん。なんで覚えてないの？

皆　いやいや。

小泉　お前、ぶん殴るぞ。

甲本　は？

曽我　昨日あなた、先帰ってたじゃないですか。

石松　俺らとわかれて。

小泉　それでなんか、鍵閉めて。

皆　うんうん。

甲本　ちょっと待って、なんの話？

小泉　だから昨日の話だよ。

甲本　いやいや、俺だって昨日、チケット買いに行って、帰ってきたら全員いたじゃん。

小泉　え？

甲本　それでなんか、いっぱい言われて、

石松　チケット？

木暮　甲本。……本当に覚えてないの？

甲本　いやだから、いなかったから俺は。

新美　チケットって何だよ。

皆　うんうん。

小泉　（皆を制して）ちょっと。
　　廊下からかすかに話し声。
　　皆、戸惑う。
新美　帰ってきた！
曽我　あれ、僕らですか。
甲本　だから言ってんじゃんかよ。
木暮　（甲本に）鍵かけて。
甲本　え？
木暮　早く。
甲本　ああ……（鍵をかける）
小泉　ちょっと、行こう。
皆　ああ。
新美　殺される。
　　皆、順番に窓の外へ。
　　ドアを開けようとする音。
　　ドアの外から、「昨日」の自分たちの声が聞こえる。
　　小泉「あれ？」
　　曽我「どうしたんですか？」
　　小泉「いやなんか、鍵かかってんだよ」
　　曽我「え？」
　　小泉「ほら」
田村　こんなに乗れるんですかねえ。
新美　ちょっと早く行けよ！
　　新美「鍵？」
　　曽我「ああ、本当ですねえ」
　　小泉「うん」
　　曽我「何ですかねえ」
木暮　（甲本を止めて）甲本は、ここに残ってて。
甲本　いやなんでだよ。
木暮　だから、昨日ここにいたから。

甲本　え？
木暮　僕らが帰ってきたときに。
甲本　いや……。
新美　（声）木暮。
木暮　うん。

木暮、窓の外へ。

小泉「ちょっと、スペアキー」
石松「俺持ってる」
小泉「ああ」

木暮　（声）とりあえずなんか、適当に話あわせといて。
甲本　いやだって、俺ももうすぐ帰ってくるじゃん。
木暮　（声）その前にうまく帰ってきて。
甲本　いや、どうやるんだよ。

木暮「なんか管理人さんとかかなあ」
曽我「分かんないですよねえ」

田村　（声）乗れてます？
甲本　いやいや、木暮。
田村　（声）行きますよ！
甲本　ちょっとわかんないよ。木暮！

窓の外から、タイムスリップの音と光。
と、同時にドアが開き、石松が洗面器を持って入ってくる。

石松　（甲本を見て）おお……。
甲本　ああ……。

皆、続々と入ってくる。

小泉　え？
曽我　甲本さん。
石松　なにお前、先に帰ってたの？
甲本　ああ……うん。

曽我　買い物、行かなかったんですか？
甲本　ああ、やめた。
曽我　ああ……。
甲本　なんか、だるくなって。
小泉　っていうかお前、服着替えてんじゃん。
皆　ああ。
甲本　え？
石松　なんで？
曽我　着替え、持ってなかったですよねえ。
甲本　ああ、あの、家帰って、着替えた。
曽我　家？
甲本　いったんちょっと。
新美　じゃあなんで鍵閉めてんだよ。
皆　うんうん。
石松　閉めなくていいじゃん。
甲本　ああだから、こう家に帰って、着替えを持って、ここで着替えた。
皆　いやいや。
曽我　どういう行動なんですかそれ。
木暮　二度手間じゃん。
小泉　家で着替えろよ。
甲本　いやまあ、そうなんだけど。……っていうか、やっぱ俺、買い物行ってくる。あの、だるくなくなって。

甲本、出て行こうとする。

皆　いやいや。（甲本を止める）
甲本　え？
小泉　怪しすぎる。
皆　うんうん。
甲本　いや、何がだよ。
曽我　何もかもですよ。
石松　出て行きたすぎる。
甲本　は？
新美　おまえ、何かあるだろ。
甲本　いや、何もないよ。
石松　俺らに何か、隠してるだろ。

甲本　だから、何をだよ。何にも隠してないよ。
小泉　っていうかお前、女に会いに行くだろ。
皆　ヒュー！
小泉　ナオンと待ち合わせしてるだろ。
甲本　いやいや、それはしてない。
新美　とぼけんなよ。
甲本　ヒューじゃない。
曽我　だから、ここで着替えて、出て行こうとしてたわけですよね。
皆　うんうん。
木暮　僕らをだまして。
小泉　あらかじめ一軍の服を用意しといて……
石松　そうは問屋がおろさねえ。
皆　うんうん。
曽我　おてんとう様はもう。
甲本　いやだから、違うから。
小泉　ちょっと、誰？
石松　誰か狙ってんの？
木暮　僕らの知ってる人？
新美　ブス？
甲本　だからその、待ち合わせとかしてないから、ブスって何だよ。
皆　ヒュー。
石松　かばってやんの。
曽我　これもう、いるってことですよねえ。
小泉　っていうかもう、いないっていうのがもう、いるからね。
皆　あー。
甲本　いやいや、意味分かんないよ。
新美　分かった分かった。もうもう、行かせてやろう。
皆　え？
新美　そんな俺らも鬼じゃない。
曽我　まあ、千載一遇のチャンス……。
新美　うん。そのかわり、罰ゲーム！

皆、盛り上がる。

甲本　は？

小泉　それは、しょうがない。
石松　じゃあじゃあ、裸踊り。
　皆、盛り上がる。
甲本　いやだからなんの罰ゲームなんだよ。
曽我　僕らを欺こうとした罰に決まってるじゃないですか。
小泉　お前はもう、ユダだから。
新美　裏切り者のユダだから。
石松　贖罪《しょくざい》せよ。
曽我　罪を、あがなえ。
甲本　じゃあ分かった分かった。今度やるから。
小泉　……今やって。
　皆、盛り上がる。
甲本　だからやらないよ！
石松　裸踊りを、今やって。
曽我　ポポンポン……。
新美　（暗室に）裸踊りだぞー！
甲本　いやだから呼ぶなよ！　できないから。
　石松、鳴らない口笛を吹く。
甲本　鳴ってない。だからちょっと、流れがおかしいから。
　暗室から、柴田・伊藤・照屋、出てくる。
柴田　裸踊り？
甲本　だから出てこなくていいよ！
伊藤　誰がやんの？
新美　われらが甲本。
照屋　ほー。
柴田　罰ゲームかなんか？
小泉　まさにそう。
照屋　いやいや、これは興味深いねえ。

伊藤　じゃあじゃあ、写真とってあげる。
　皆、盛り上がる。
甲本　だからちょっと待って。話を聞いて。
柴田　何？
新美　前説？
甲本　違うよ！　だから、できないし、っていうか裸踊りとかおかしいし、……っていうか俺ちょっと、出なきゃいけないいんだよ。
新美　は？
甲本　ちょっと時間ないから。……だから、帰る。（行こうとする）
皆　いやいやいや。（甲本を止める）
甲本　だからお前ら、本当やばいんだって！
小泉　今さらそんなことが許されるかよ。
皆　うんうん。
照屋　一度上がった幕はねえ、下りないよ。
石松　もうだって、こうだもん。（立ちはだかる）
新美　ほら。
石松　ぬりかべ。
　皆、甲本に注目。
甲本　……（窓の外を見て）？
小泉　……何だよ。
甲本　いやいや、あれあれあれ。
小泉　え？
甲本　あのほら、煙突の近くの。
　皆、窓の外を見る。
　甲本、帰ろうとするが、石松が邪魔で帰れないので、ロッカーに隠れる。
照屋　煙突？
伊藤　……煙突がわかんない。
柴田　……煙突なくない？
小泉　煙突ないじゃん……（振り向く）

曽我　あれ？
石松　どこいったの？
　　そこへ、「昨日」の甲本、洗面器を持って戻ってくる。
小泉　（見て）おお。
甲本　……何？
曽我　洗面器、持ってるじゃないですか。
　　皆、盛り上がる。
柴田　ついにやるんだ。
照屋　決心ついた。
石松　お前盛り上げるなあ。
新美　ショーマン。
小泉　結局やるんじゃん。
甲本　いやいや……分かんない。
皆　いやいや。
小泉　分かんないじゃないよ。
曽我　……じゃあ早速、やってもらいますか？
新美　例の、罰ゲームを。
　　皆、盛り上がる。
甲本　は？
石松　いや本当、いさぎいい。
曽我　なかなか出来ないですよねえ。
小泉　だって、普通やんないもん。
皆　うんうん。
柴田　どういう形から入んのかな。
伊藤　初めて見るよねえ。
照屋　実際にはねえ。
甲本　いや待って。あの、全然分かんない。
新美　は？
甲本　流れが、見えない。
皆　いやいや。
小泉　だから早くやれよ。

曽我　引っ張るほどのもんでもないでしょう。
照屋　待てば待つほど辛くなるよ。
曽我　それ使ってこう、やればいいじゃないですか。
(裸踊りの動き)
皆、笑う。
曽我の腕がコーラのボトルに当たって倒れる。
皆　あ!
柴田　(気付いて)ちょっと!
曽我　え?
皆　(気付いて)ああ!
照屋　おいおい。
曽我　ああ、ごめんなさい。
小泉　お前、何やってんだよ。
曽我　ちょっと、タオルないですかそこに。
照屋　タオル。
石松　(タオルを取って)いや、だけど、これなんか臭いよ?
曽我　いや、いいですよ別に。
新美　水さすなよ。
照屋　バイトくびになるでしょう。
曽我、タオルを受け取る。
伊藤　リモコン!
皆　あーあー!
小泉　ヤバイヤバイ!(リモコンを取って振る)
新美　大惨事じゃんかお前。
曽我　それちゃんと拭いたほうがいいですよ。
新美　だからこっち拭けよ。
曽我　ああ。
木暮　だいぶ濡れたけど。
甲本　……何これ。
音楽。
暗転。

●3景（8月2日午後2時50分）

蟬の声。

照明、点く。

甲本・柴田・伊藤・照屋、話している。

伊藤　……じゃあ、あれってやっぱり入れ替わってたんだ。

甲本　こう、オアシスから帰ってきた俺と。

伊藤　はあー。

柴田　なんか対応が変だったもんねえ。

甲本　っていうか、風呂上がりにいきなり裸踊り要求されて、対応できるわけないから。

伊藤　そっか。

甲本　みんな狂ってるのかと思ったもん。

照屋　異様なボルテージだったからねえ。

甲本　ええ。

柴田　だけどじゃあ、あれなんだ。結局、過去は一つも変わってないんだ。

甲本　めちゃくちゃ大変だったよ。

照屋　田村君も俺会ってたわけだしねえ。

柴田　新美君は、なんか一人で回ってるし。

甲本　ほとんどもう、奇跡だから。

柴田　うん。

伊藤　……っていうかさあ、ものすごいこと言ってない？

柴田　何？

伊藤　（甲本に）ショック受けないでよ。

甲本　何だよ。

伊藤　ひょっとして、……変えらんなかったりして。

甲本　え？

伊藤　過去。っていうか、時間の流れ。

柴田　どういうこと？

照屋　変えられない？

伊藤　だって、そう考えるほうが、こう、逆に自然じゃない？

甲本　いやだから、俺らが行かなかったら明らかに変わってたから。
伊藤　だけど、行ったじゃん。
甲本　え？
伊藤　だから、それも含めて、こう、何ていうの？　全部、最初から決まってたみたいな。
柴田　最初から？
伊藤　うん。決められてたっていうか。
甲本　いや、誰にだよ。
伊藤　まあだから、神様とか。……（照れて）ヤバイ？　今のヤバかった？
甲本　いやいや分かんないけど。
柴田　神様？
伊藤　うん、なんか、そういう感じの。
照屋　いやいや、だって、神様なんておられないじゃん。
甲本　いや、なんで敬語なんですか？
照屋　（上に）ねえ？
甲本　誰に聞いてるんですか？
柴田　だけど、もしそうだとしたら、どうなんの？
伊藤　いやまあ、別にどうもなんないけど、ただだから、それだけ。
柴田　ああ……。
伊藤　（甲本に）これ、どう？
甲本　いやいや、答えかたがわかんない。
照屋　（考えて）ん？
柴田　どうしたんですか？
照屋　いやいや。

窓の外から、タイムスリップの音と光。

伊藤　帰ってきた。

過去に行っていた六人、次々と窓から入ってくる。

小泉　ヤバイヤバイ。
石松　危なかったー。
新美　もう、死ぬとこだよ。
柴田　そんなにたくさん乗ってきたの？
小泉　（甲本をみて）あれ。

皆、どよめく。

石松　甲本。
新美　何で？
甲本　ああ……。
木暮　どうやって帰ってきたの？
甲本　……帰れなかったんだよ。
木暮　え？
柴田　そこのロッカーに、一昼夜隠れてたんだって。
小泉　何、どういうこと。
甲本　隠れたはいいけど、出るに出れなくなって、だからもう丸一日あの中にいたっていう。
木暮　え、じゃあ、普通に一晩過ごしてきたってこと？
甲本　うん。

皆、驚く。

小泉　ええ？
照屋　あの中に入ったまま寝ちゃったらしいんだよ。
皆　ああ……。
甲本　で、（曽我を指して）こいつのパンチで起きたっていう。
木暮　あー。
小泉　あのさっきの、ボクシング部の。
石松　ってことはお前、今日ずっとあの中にいたの。
甲本　うん。
木暮　もう一人の甲本が。
甲本　メチャクチャ暑かったよ。
新美　気色わりー。
石松　お前何やってんの？
甲本　だから、お前らが帰らせてくれなかったからだよ。
小泉　（気付いて）いやだけど、それだったらお前、二人になるじゃん。
皆　ああ……。
石松　中の甲本と、外の甲本と。
皆　うんうん。

甲本　だけど、外のこいつは、お前ら追いかけて昨日に行って、そのまま戻ってこれないから。っていうかそれで、自力で戻ってきたのが、俺だから。

皆、考える。

照屋　……これがねえ、いまだに腑におちないんだよね。
甲本　俺も今、すごい居心地わるいから。いていいのかな、みたいになってるから。
小泉　そのだから、お前は？　なに、本物？
甲本　本物だよ。ニセモノとか一回も出てきてないだろう。
小泉　ああ……。
新美　どういうこと？
伊藤　（座っている曽我に）どうしたの？
曽我　いやあの、グニャがちょっと。
木暮　まだ慣れないの？
甲本　いい加減慣れろよ。
田村　（タイムマシンを指して）これじゃあ、もう戻さなくていいんですねえ。
木暮　そういうことだよね。
甲本　俺いるから。
石松　ってことは、これでもう、オールＯＫ？

皆、徐々に拍手。

小泉　なんか、すごい喜びにくいけど。
木暮　全部元通りってことか。
甲本　そうだよ。

皆、ほっとする。

曽我　何とか丸くおさまりましたよねえ。
石松　途中ヤバかったー。
小泉　もう、リモコンなくなったからね。
柴田　お疲れさま。
曽我　（甲本に）なんでそんなテンション低いんですか。
甲本　いやだって、俺にとっては一日前のことだから。

石松　そっか。
木暮　僕らより一日長く生きてるってことか。
甲本　（ロッカーを指して）あの中で。
田村　あのじゃあ、ちょっといきなりで申し訳ないんですけど、僕そろそろ失礼します。
皆　ああ……。
柴田　帰るの？
田村　ええ。なんかみんな、かなり心配してるらしいんで。
柴田　ああ……。
木暮　らしい？
田村　さっきリモコンもらいに行った時に、みんなに怒られちゃったんですよ。
木暮　ああ……。
甲本　未来の奴らに。
田村　ええ、僕も含めて。なんでちょっと、急がないと。
柴田　そっか。
照屋　なんか、いろいろ入り組んでるねえ。
田村　あのじゃあ、そういうことで、本当に、いろいろありがとうございました。
曽我　いやいやもう、僕らのほうこそねえ。
木暮　リモコンとか。
田村　ああ、それはまあ、そうですけど。
木暮　ああ……。
小泉　そこは、否定しないんだ。
甲本　割と迷惑だったよ。
照屋　昨日やっぱり俺ら会ってたじゃん。
田村　ああ、結局そうなっちゃいましたね。
伊藤　またじゃあ、遊びにおいでよ。
田村　ああ、ありがとうございます。
照屋　過去を変えない程度に。
田村　ええ。
木暮　っていうか、あんまり来ないで欲しいけど。
甲本　っていうか、二度と来ないで。
田村　じゃああの、お疲れ様でした。

田村、窓の外へ。

柴田　行っちゃうんだ。
新美　気を付けて。
田村　（声）じゃあ、お達者で。

窓の外からタイムスリップの音と光。

伊藤　……行っちゃった。
甲本　最後まで言葉古かったねえ。
木暮　あんまり言わないよねえ。
曽我　だけど、変わった後輩だったですよねえ。
小泉　この中でもっとも未来さがないからねえ。
皆　うんうん。
照屋　アゴもねえ、別にちいさくなかったし。
柴田　また来るのかなあ。
甲本　来ないんじゃない？
柴田　え？
木暮　いやだって、普通あんな体験したらねえ。
甲本　二度とタイムスリップなんてこりごりだから。
柴田　ああ……。
曽我　っていうか、本当、なんだったんですかねえ。

皆、うなずく。

石松　タイムマシン？
小泉　結局なんか、全然分かんないよね。
伊藤　改めて分かんない。
小泉　ないし。
新美　……タイムマシンってなんだよ！

皆、笑う。

曽我　もう、本当それにつきますよね。
小泉　夏空にいま、響き渡ったよね。
新美　いまのでもう、エンディングだよね。
木暮　ああ、最後のセリフなんだ。
柴田　だけど、ひとつだけちょっと、分かんないことがあるんだけど。
曽我　何ですか？

甲本　っていうかもう、いっぱい分かんないよね。
皆　うんうん。
柴田　いやまあそうなんだけど、……昨日に行った時に、田村君がなんか、リモコン持ってきてくれたんでしょ？
木暮　ああ、未来から。
柴田　うん。あれってさあ、どういうこと？
木暮　え？
柴田　だって、リモコンって、昨日壊れたんでしょ？
木暮　ああ……。
甲本　いやだから、それが結局直って、
木暮　そのまま、未来に。
曽我　そういうことですよねえ。
柴田　ってことは、あのリモコン、どっからきたの？
曽我　え？

皆、考える。

甲本　（気付いて）本当だ！
木暮　回ってる。
小泉　（黒板に書いて）え、こう、壊れて、
甲本　直って、
石松　で、未来にいって、戻ると。
皆　（図を見て）うわー！
小泉　もうなんか、ループしてんじゃん！
柴田　おかしいでしょ？
木暮　うん。
照屋　始まりがないよねえ。
曽我　これどういう、リモコンなんですかねえ。
甲本　無限になんか、あるからねえ。
石松　やっべー。
伊藤　ひょっとして、こうなんか、別のとこから来たりして。
甲本　別のとこ？
伊藤　うん。
柴田　どういうこと？
伊藤　分かんないけど……（黒板をみて考える）
新美　……（窓の外を見て）ケチャ。

甲本　ああ……。
曽我　どうしたんですか？
木暮　（ケチャを見て）なんか、くわえてるよねえ。
柴田　本当だ。
新美　よーしよしよし。（ケチャから、くわえているものを取る）
曽我　何ですかねえ。
新美　……（見て）リモコン！
石松　え？
新美　ほら、これ！（土を払って皆に見せる）
ケチャがくわえていたそれは、ビニール袋に入ったリモコン。
皆　ああ！
甲本　リモコン？
新美　これ（クーラー）と同じやつだよ。
柴田　本当だ。
石松　なんで？
照屋　泥にまみれてるねえ。
木暮　どっかから拾ってきたのかな。
曽我　……沼ですよ。
石松　え？
曽我　これ、僕が落としたリモコンですよ。僕が巻いたんですよ、これ。
甲本　お前が？
曽我　ええ。これだから、沼からこう、出てきたわけですよ。
照屋　沼？
曽我　ええ。
柴田　タイムスリップしてきたってこと？
曽我　いやじゃなくて、だから、普通に九十九年経って、出てきたわけですよ。こう、土の中から。
柴田　え？
曽我　ずっとだから、埋まってたんですよそこに。九十九年間。
木暮　ケチャがじゃあ、掘り起こしてきたってこと？
曽我　そういうことですよ。もうだって、ずっと掘ってたじゃないですか、そこ。

皆、驚く。

甲本　マジで!?
柴田　これ探してたの？
曽我　そうですよ。僕らのリモコンですもん、だって。
伊藤　ずっとじゃあ、そこにあったってこと？
曽我　もう九十九年前から、あったわけですよ。
照屋　ええ！
小泉　（ケチャに）お前、すごいなあ。
新美　やるなあケチャ。
柴田　これ九十九年経ってるんだ。
伊藤　すごい。
甲本　あんまりそうは見えないけどねえ。
木暮　中身は割と普通だからねえ。
石松　これね。……点いたりして。
小泉　……お前。
甲本　それはお前。

曽我　沼にだって、落ちてるじゃないですか。
木暮　確かにビニールは巻いてあるけど。
石松　（構えて）行くよ。
甲本　いやいや。
小泉　いくら、夢想家でもお前。
石松　九十九年前のリモコンが……？

石松、リモコンのボタンを押す。
クーラーが点き、涼やかな風が流れる。

石松　点いたじゃん！

皆、驚く。

新美　すげえ！
甲本　点くのかよ！
石松　サワーッとこうね。
曽我　っていうか、何で点くんですか？
皆　うんうん。

小泉　点いたらいいなーと思ったけど。一瞬。
甲本　点けと思ったけど。
石松　そりゃもう、ビニールパワーでしょ。
曽我　ああ……。
伊藤　こう、守られてたんだ。
木暮　ビニールで？
小泉　これもうじゃあ、お前。クーラー復活じゃん！
新美　思わぬ形で。
石松　ミッションコンプリート!?

三人、盛り上がる。

柴田　これで壊れないもんなんだ。
伊藤　よくもったよねえ。
木暮　っていうか、何でビニール巻いたの？
曽我　いやだから、コーラから守るためですよ。
木暮　え？
曽我　こう、取ってくるのがダメなんで、もう、奴隷解放宣言……。

甲本　いや、それもダメだよ。
曽我　え？
木暮　リモコンが壊れなかったら、過去が変わるから。
曽我　……（気付く）。
木暮　気付いてなかったの？
曽我　ああ、本当ですねえ。
柴田　今気付いたんだ。
甲本　お前、分かってなかったのかよ。
木暮　この三人は、大丈夫だと思ってたよねえ。
甲本　大丈夫じゃない奴がいたねえ。
照屋　いやまあでもそれでリモコンが戻ったわけだからねえ。
曽我　ああ、結果オーライですか。
木暮　まあ、そうだけど。
甲本　本当に結果オーライでしかないから。
石松　いやだけど、戻ったよねえ。
小泉　もう、素晴らしいよね。
柴田　ってことはさあ、結局このリモコンが、未来に繋がるのかなあ。

木暮　ああ……。
伊藤　そういうことだ。
小泉　……どういうこと？
柴田　だから、これがさらにこう、あと二十五年使われつづけて。
石松　ちょっと、書いて。
柴田　ああ……。
　石松、黒板に書く。
柴田　（書く）だからこれが、こうじゃなくて、こうなんだよね。
伊藤　うんこう、あっちから来たわけだから。
柴田　うんうん。
曽我　でしかもこれは、もうこの辺からこう、来てるわけですよ。
石松　九十九年前から。
曽我　ええ。
木暮　こう、飛ばされたわけだよね。
曽我　ええ。
柴田　で、これがこう未来まで使われ続けて。
木暮　昨日に戻って、壊れると。
皆　はー。
小泉　なんのスペクタクルだよ。
照屋　あっちこっち飛び回ってるからねえ。
曽我　寿命長いですよねえ。
石松　時をかけるリモコン。
甲本　そして最後、あっけないよねえ。
木暮　コーラで最後だからねえ。
柴田　じゃあ、やっぱりあれ、直んないってことか。
曽我　もうそのまま、ご臨終ですよ。
小泉　……もう、分かんない。
照屋　俺もちょっとついていけないわ。
新美　俺なんてとっくにギブアップだよ。
伊藤　（曽我に）なんでわざわざ九十九年前に行ったの？
曽我　いやだから、自主的に行ったんじゃないですよ。
伊藤　え？
曽我　送り込まれちゃったんですから、この人たちに。

伊藤　そうなんだ。
石松　まあでも、結果オーライだから。
曽我　どこがオーライなんですか。もう、大変だったん
ですから、人に見つかったりして。
柴田　見つかったの？
曽我　溺れてるところを見られたんですよ。で、しかも
そいつがなんかいっぱい人集めてきて、だから必死
で這い上がって、逃げてきたんですよ。
石松　え？
曽我　もう、命からがらですよ。
伊藤　それって……。
曽我　何ですか。
小泉　お前、カッパじゃん。
曽我　え？
石松　伝説のカッパ様じゃん。
皆、驚く。
柴田　本当だ。
曽我　カッパですか僕。
新美　お前カッパだよ。
曽我　ぎえー！
伊藤　カッパだったんだ。
小泉　っていうかお前、ボール当てたからだよ。
皆、笑う。
曽我　たたりですかこれ。
新美　たたられてんなよお前。
曽我　たたられたー！
甲本　思わぬルーツだったねえ。
木暮　身近な所に。
照屋　カッパのたたりは恐ろしいってあれほど言ったの
に。
曽我　いや、っていうか、カッパ僕ですから。
照屋　ああ。
新美　（思いついて）銅像。
小泉　ああ。

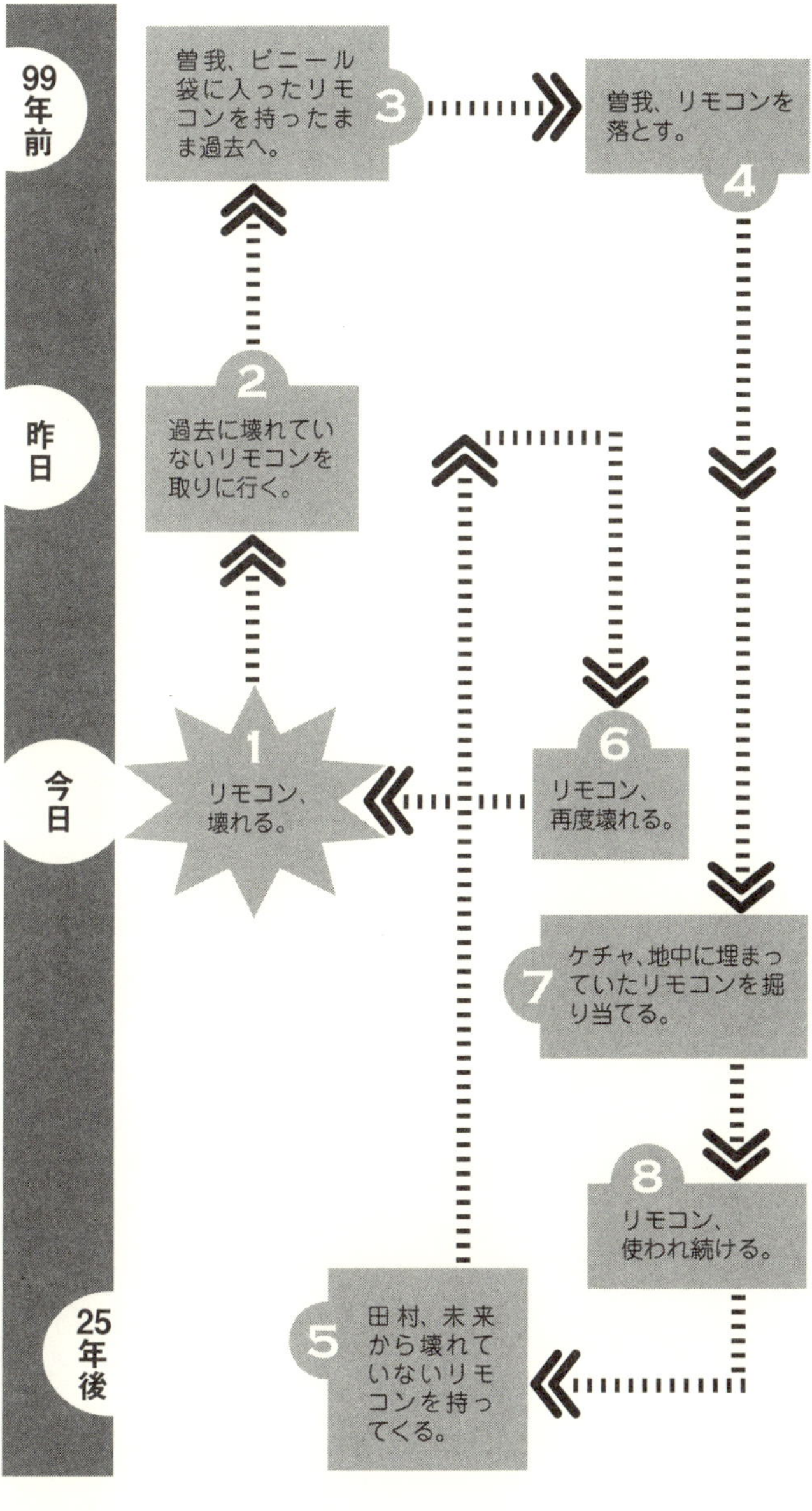

99年前
昨日
今日
25年後
1 リモコン、壊れる。
2 過去に壊れていないリモコンを取りに行く。
3 曽我、ビニール袋に入ったリモコンを持ったまま過去へ。
4 曽我、リモコンを落とす。
5 田村、未来から壊れていないリモコンを持ってくる。
6 リモコン、再度壊れる。
7 ケチャ、地中に埋まっていたリモコンを掘り当てる。
8 リモコン、使われ続ける。

石松　見に行ってしまう？

三人、盛り上がる。

小泉　行ってしまおう。
曽我　行くんですか。
新美　いや、お前もだよ。
曽我　マジですか？
小泉　もうだってこれ、絶対面白いじゃん。
石松　もうだって、今面白いもん。
新美　（曽我に）カッパ。
曽我　いややめてくださいよちょっと。

四人、出て行く。

柴田　（甲本と木暮に）行かないの？
甲本　いやだって、あのテンションは無理だから。
柴田　ああ……。
木暮　あの四人、エネルギッシュだよねえ。
甲本　もう、ウザイよねえ。
木暮　うん……。
照屋　まさか曽我君がカッパだったとはねえ。
伊藤　ショック。
甲本　いや別に正体がカッパだったわけじゃないから。
木暮　人間だから。
照屋　いやいや、でもねえ。
柴田　（伊藤に）っていうか、私じゃあ、現像液買ってくる。
伊藤　え？
柴田　行く途中だったし。
伊藤　そっか。ここで大脱線したんだ。
柴田　うん。……行ってくる。

柴田、出て行く。

甲本　っていうかそりゃ脱線するよね。
木暮　タイムマシンだからねえ。
照屋　俺も、アイスこんなになっちゃった。（コンビニ袋

から溶けたアイスを取り出す)

伊藤　ええ!

甲本　アイス買ってたんですか。

照屋　大脱線だったよ。

木暮　いや、食べるタイミングはあったでしょう。

伊藤　戻ります?

照屋　うん。

甲本　お疲れ。

照屋　……これはこのまま冷やしたらどうなるんだろうか。

照屋、暗室へ。

伊藤　(帰り際に)出す写真、これに決まったから。

(写真を見せる)

甲本　え?

木暮　曽我が二人のやつじゃん。

伊藤　これでこう、部員増やすから。

甲本　ああ……。

伊藤、暗室へ。

木暮　……多分、合成と思われるよねえ。

甲本　っていうか、部室もらえないから。

木暮　そっか、二十五年後も。

甲本　うん。

二人、一息つく。

甲本　……微妙に未来が分かったっていう。

木暮　うん。……(気付いて)それ。

畳の上に、カメラが置いてある。

甲本　田村のじゃん。

木暮　忘れていったのかな。

甲本　(手にとって)未来のカメラ。

甲本、ケースを開けて、カメラを取り出す。

木暮　……普通のカメラだよねえ。

甲本　（見て）柴田のだ。

木暮　……え？

甲本　いやこれ、柴田と同じやつなんだよ。

木暮　ああ……。

その時、窓の外からタイムスリップの音と光。

田村　（窓から顔を出して）ああ、すいません、それ僕のです。

甲本　ああ……。（渡す）

田村　どうも。

木暮　取りに来たの？

田村　ええ。これなくすとお母さんに怒られちゃうんで。

木暮　え？

甲本　お母さん？

田村　ええ。昔、ずっと使ってたやつらしくて。……じゃあ、今度こそ本当、失礼します。

甲本　いやちょっと。

窓の外から、タイムスリップの音と光。

木暮　……お母さん？

甲本　……ずっと。

二人、顔を見合わせる。

木暮　……じゃないかな。

甲本　マジで!?

木暮　だって、映画館によく行ってたって。

甲本　うっわ。

木暮　……結局じゃあ、思いっきり会ってたってことだよねえ。

甲本　これ柴田に言わないほうがいいな。

木暮　うん。

甲本　だいぶショック受けるからねえ。

木暮　しかも、同時に結婚相手の苗字まで分かっちゃうし。
甲本　……え？
木暮　どんな人なのかなあ。

柴田、現像液の袋を持って戻ってくる。

甲本　柴田。
木暮　ああ……。
柴田　まだみんな帰ってきてないんだ。
甲本　ああ……うん。
柴田　本当に疲れ知らないよねえ。
甲本　ああ……。
木暮　生協って、開いてるよねえ。
柴田　ああ、うん。
木暮　ちょっと、行ってくる。
甲本　ああ……。

木暮、出て行く。

柴田　……あのさあ。
甲本　え？
柴田　さっき言ってた映画なんだけど、明日とかじゃダメ？
甲本　明日？
柴田　なんか、つぶれるって聞いたら急に行きたくなっちゃって。
甲本　ああ……。
柴田　都合悪い？
甲本　ああ、ううん。……いいよ。
柴田　じゃあ、二時からのやつでいい？
甲本　ああ、おお。
柴田　……本当にいいの？
甲本　だから、いいよ。二時だろ。
柴田　じゃあ、明日、十五分前に、映画館の前。
甲本　おう。

柴田、暗室の扉をノック。

伊藤　（声）いいよ。
柴田　じゃあ、よろしくね？
甲本　え？
柴田　チケット。
甲本　ああ……。

柴田、暗室へ。
甲本、一人になる。
しばらくして、照屋、暗室から出てくる。

照屋　……ちょっといい？

甲本、驚いて振り返る。

照屋　ちょっと、聞いてほしいことがあるんだけどさあ。
甲本　いつからいたんですか。
照屋　いや、今だけど。
甲本　何ですか。
照屋　さっきね、伊藤が言ってたじゃん。時間の流れは変えられない、とかなんとか。
甲本　ああ……。
照屋　（考えて）……あれが、僕もうひとつよく分かってないんだよねえ。
甲本　え？
照屋　いやいやだってね。……最初、あの三人がこう、リモコン取りに行ったと。
甲本　ええ。
照屋　で、その後いろいろあって、今ここに、リモコンがあると。……（興奮して）ほらほらこれって結局、時間の流れ変えてるじゃん。
甲本　ああ……。

照屋、考える。
甲本も、考える。

照屋　……いやいやそのね、目の前で起きたことが変えられないってのは、そりゃなんとなく分かるんだよ。

もうだって見ちゃったわけだし。……だけど、こう、（黒板を指して）これも全然分かんないんだけど、こう、なんていうのかな、見てないとこってのは割とあいまいっていうか、変えられる余地はあると思うんだよね。

甲本 ああ……。

照屋 で、それを伊藤に言ったら、なんかどっちでもいいとかって言ってあしらわれたんだけど、これ、俺のほうがあってるよねえ？

甲本 ……ちょっと、すいません。

甲本、紙とペンを取り出し、何かを考え始める。

照屋 なんか、俺の解釈のほうが、ポジティブじゃん。あっちなんか、泣きそうになるじゃん。

小泉・新美・曽我、戻ってくる。

小泉 （笑って）カッパ。

照屋 おお。

新美 クリソツ。

曽我 もう、意識してみたら、どう見ても僕なんですよ。

照屋 ほおー。

小泉 こう、沼から這い上がるとこなんですよ。

新美 もう、こうだもん。（沼から這い上がるポーズ）

皆、笑う。

曽我 やめてくださいよちょっと。

新美 キュウリを食べるカッパー。

皆、笑う。

曽我 なんの語尾なんですか。

甲本 お前らちょっと、うるさいよ。

小泉 は？

新美 何だよ。

照屋 なんか突然、作戦を練り始めたんだよ。

曽我　作戦？

木暮、生協の袋を提げて戻ってくる。

小泉　おお。
曽我　……何を買ってきたんですか？
木暮　製図用紙。
小泉　何すんの。
木暮　いやこう、忘れないうちに書いとこうと思って。
小泉　え？
木暮　タイムマシンの設計図。

皆、どよめく。

照屋　タイムマシン。
新美　お前、分かんのかよ。
木暮　いやまあ、さっき見てたから。
曽我　あなた凄いですねえ。
小泉　お前、凄いな。
木暮　いやだから、別に設計できるわけじゃないから。
照屋　だけど結局設計図が書けるわけだからねえ。
小泉　いっしょですよねえ。
曽我　っていうかそれ、書いてどうするんですか。
木暮　いやだからこう、書いて、冷蔵庫に入れとけば。こう二十五年後に、田村君たちが。
曽我　ああ……。
新美　もう、お前のその賢さが、鼻につくよ。（木暮を叩く）
木暮　何でだよ。

石松、入ってくる。

石松　ういーっす。
曽我　ああ……。
木暮　……何持ってんの？
石松　（照屋の口調を真似て）「ただ生暖かい風が吹くばかりだったという」！

石松、カッパ様の銅像を、押して入ってくる。カッパ様は、曽我にそっくり。

曽我　いやちょっと！
小泉　お前マジで⁉
石松　カッパ様。
小泉　いや、知ってるけど。
木暮　持って帰ってきたの？
石松　こう、カッパを、かっぱらってきたから。
木暮　いや、うまさとかじゃないよ。
曽我　何やってるんですかちょっと。
小泉　お前、これはまずいだろ。
石松　……笑えよ。
皆　いやいや。

伊藤・柴田、暗室から出てくる。

伊藤　どうしたの？
曽我　これ、見てくださいよちょっと。
石松　カッパ様。
伊藤　え⁉
柴田　何でここにあるの？
照屋　持って帰ってきたんだよ。
石松　こう、カッパを、かっぱらってきたから。
柴田　え？
木暮　いやだから二回言うことじゃないよ。
曽我　ウケてないですから。
伊藤　（笑って）面白い。
小泉　ウケるんだ。
木暮　ダジャレで？
甲本　木暮。
木暮　……え？
甲本　苗字ってさあ、改名できんのかなあ。

音楽。
暗転。

おしまい。

犬も歩けば

Dog Hits

犬は歩いていた。寒風吹きすさぶ曇天の下を。

木枯らしに舞い、電柱に張りついたスポーツ新聞は、このところ世間を賑わせている、ある超能力少年のインチキ騒動を、声高に報じていた。少年は、日々重くなるプレッシャーに耐えかねてつい魔がさしたこと、インチキをしたのは今回が初めてであること、などを切々と訴えているらしかったが、そうした彼の言い分は、記事の文末にほんの申し訳程度に添えられているにすぎず、あとの文面はすべて、おおよそ十歳の子供の出来心に対する非難とはとても思えない、まるでガリレオ・ガリレイの地動説への糾弾を思わせるような、ヒステリックな誹謗と中傷の言葉で埋められていた。

とはいえ、そんな世間の寒々しい風潮とは関係なく、むしろ寒さは犬の得意とするところでもあったためか、犬は飄々と風を切りながら、線路沿いの道を、あてどもなく歩いていた。

すると前方から、男が一人、歩いてきた。男は手にスーパーの袋を提げている。匂いから察するに、どうやら袋の中身はコーヒー豆であるらしい。揺れる袋からほのかに漂ってくる挽きたての豆の香りが、犬の鼻腔をくすぐる。男は犬を見つけ、いくぶん表情をこわばらせたようだったが、それでも、急ぎの客を待たせているためか、引き返して迂回するようなことはせず、そのまま犬とすれ違うべく、犬のほうへと歩いてきた。

犬は、男とすれ違いざま、自分の鼻先をスーパーの袋にすり付けた。

それは犬にとっては、ほとんど無意識の行動であったが、日頃「犬って、どんなこと考えてるの？」が口ぐせであるほどに犬が大の苦手であったらしいその男は、思わずのけぞり、身をひるがえして逃げ出した。

犬もまたとっさに、男を追いかけた。

それは、特に意図があったわけではなく、元来狩りをするために生まれてきた犬の、いうなればそれは本能のようなものであった。

逃げる男の尻をめがけて、本能に駆られるまま、犬は、曇天の下を全力で駆けた。

そうして、いざ男を塀ぎわまで追い詰めたあと、犬は我に返り、途方にくれた。なんとなく行きがかり上、男を追い詰めてはみたものの、この先、なにか展望があるわけでもない。男を襲うつもりもなければ、コーヒー豆にさしたる興味もない。かといって、このまま何のきっかけもなしに引き下がるのも、種の誇りのようなものに対して、なんだか忍びないように思われた。

一方、男は男で、そこから特にあがくようなことはせず、塀に背をつけて、すでにやるかたなく天を仰いでいた。それは、観念しているのかもしれなかったし、動くとやられる、と思っているのかもしれなかった。あるいは、どうにかしてポジティブな未来を予知しようと念じているようにも見えた。いずれにせよ、男もまた、自ら動く気はないようだった。

そうして、進退きわまった一人と一匹の、永遠とも思える時間が流れた。

不毛なにらみ合いが、どこまでも続くように思われた次の瞬間、その出口のない対峙に風穴を開けるように、何かが道をやってきた。

それは一見、風に吹かれたスポーツバッグであった。が、風に吹かれているにしては、動きがどうも不規則であり、まるでスポーツバッグが自ら意思を持って、動いているかのようだった。

地面をのたくり、蛇行しながら、ようやく一人と一匹の眼前に転がり込んできたスポーツバッグは、そのまま転石のように、犬と男の間をすり抜けていった。男は目を丸くしていたし、犬にももちろん、それが何であるかは分からなかったが、少なくとも、目の前のコーヒー豆を提げた男とこのままにらみ合ってるよりは、いくらか展開があるように思われた。

そこで犬は、好機を得たとばかりに、そのまま目標を変え、男を置いて、彼方へと転がっていくスポーツバッグを追いかけることにした。

＊

そのとき、残された男の目には、スポーツバッグを追いかけていく犬の背中が、まるで重苦しい曇天をスーッと引き裂き、光に満ちた新しい世界を切り開いていくように見え、その後、男が営む喫茶店は、超能力者が集まり、一般客はさして集まらない、風変わりな営業方針へとシフトチェンジしていくのであるが、犬にとってはもちろん、そんなことは知る由もなかった。

犬は歩いていた。夏空の下を、ボールを追いかけて。

そこは、草が青々と生い茂る大学のグラウンドであった。犬は、主人たちの慣れない野球に混ざり、犬にとっては未踏のポジションというべき、ライトを任されていた。

もちろん犬は、そのライトというポジションが、どういった働きをする職務であるのか、正確には理解していなかったが、それでも「主人の匂いのついたボールを、主人のもとへ返す」といった程度には、ざっくりと認識していたし、また、与えられた職務を忠実にこなすことは、犬の根源的な歓びでもあったため、犬は、主人たちの期待にできるかぎり応えるべく、夏草の上を、白球めがけて歩いていた。

できることなら、走って追いかけたいところであったが、いかんせんこの炎天下では、犬は喜んで庭を駆け回ることはままならず、いくぶん重い足取りで、のたのたとボールを追いかけるのであった。

そのうちに主人たちは、なんとなく野球を終えて、三々五々、たまり場である部室棟の方へと戻っていった。しかし、試合終了までライトを守り抜くつもりだった犬にとっては、そうしただらしない終わり方は、なんとも消化不良なものであったし、また、自身がライトという職務をうまくこなせたという手ごたえもなかった。そこで、情熱をもてあました犬は、ひき続き、自分なりのやり方で、ライトを守ることにした。

犬はまず、構内を歩きながら、ほうぼうへむけて鼻をひくつかせた。それは、「主人の匂いのついたボール」のありかを、嗅ぎつけるためであった。当然構内には、主人たち自身もいるため、それとボールを嗅ぎ分けるのは、なかなかに困難であったが、それでも犬は、持ち前の嗅覚を最大限に研ぎ澄ませ、その結果、部室棟の庭の地面の下から、ほんの微かに、主人たちの匂いがうっすらと漂ってくるのを感じ取った。

それがボールかどうかまでは分からなかったし、また、なぜそれが地中深くから漂ってくるのかも、犬には分からなかったが、それでも犬は、先ほど主人から与えられたライトの職務を自分なりに全うすべく、庭の土を掘ってみることにした。

掘れども掘れども、ボールはなかなか出てこなかった。犬は、一心不乱に穴を掘り続けた。そうしているうちに、一昼夜がすぎ、あくる日の午後となった。

そのころ、窓をへだてた部室の中では、主人のうちの一人が、密かに思い悩んでいた。

彼の表情や視線から察するに、どうやらそれは、恋の悩みであるらしかった。彼は、庭で穴を掘り続ける犬をみて、自分の今の姿と重ねているようだったが、今まさにライトという職務に命を燃やしている犬にとっては、そんなことはどうでもよく、彼に対してなんのシンパシーもなかった。

やがて、掘り進むほどに、地中から漂う主人たちの匂いが強くなってきた。夏草の香りと沼臭さに混じったその匂いは、なぜか、途方もなく長い年月を経てきているように思われたが、そういったことも、犬はさして気に留めなかった。

そして犬はついに、匂いのもとへと行き当たった。

それはボールではなく、ビニール袋に包まれた、のべ棒状のなにかであった。それを主人のもとへと運ぶのは、ライトの職務からは少しはずれているようにも思われたが、一昼夜地面を掘り続けて、幾分ハイになっている犬にとっては、そんな些細なことはもはや問題ではなく、職務を全うする歓びをいち早く得ようと、そののべ棒状の何かをくわえ、窓をへだてた主人たちのもとへと、勢いよくバックホームした。

主人たちは、そののべ棒状のものを受け取り、大層喜んでいるようであった。しばらくしたのち、涼やかな空気が窓の中から流れてきた。その風を耳に受けつつ、犬は自分のバックホームが、主人たちに対し、なにかよい結果をもたらしたように感じ、誇らしく思った。窓はすぐに閉められてしまったが、犬は自分なりに、ライトの職務を全うできたような気がした。

そのとき、恋に悩んでいた男の目には、犬がくわえてきたリモコンの白さが、まるで神様の目を盗んでかすめ取ってきた純白の未来に見えたし、犬にできるのなら自分にもできないことはない、とばかりに、紙とペンを取り出して、そういえば「田」と「甲」は似てるな、「村」と「本」も、似ていなくもないな、などと考え始めていたが、そんなことも犬にはもちろん、知ったことではなかった。

＊

犬は時として、人間に未来をみせる。が、犬自身には当然そんな思惑はなく、犬はただ、歩いているだけだ。

「犬も歩けば棒に当たる」とはよく言ったものだが、その「棒」がなんであるかについては、犬自身には、往々にして分からない。「棒」は突如、犬の前に出現する。機嫌よく歩いている犬の目の前に、なんの前触れもなく立ち現れて、犬の行く手を阻む。そうして、頭をしたたか打った犬は、驚き、たじろぐ。思わず数歩、反射的に後じさり、どうにか体勢を立て直したあと、犬は今しがた自分が頭をぶつけた「棒」を、おずおずと見上げる。

「棒」は、天高くそびえ立っている。

うららかな陽光を浴びたその「棒」は、思いのほかどっしりと太く、黒く、まるでモノリスのような貫禄と風体で、犬の眼前にそそり立っている。棒のてっぺんを見上げると、その上にはさらに、なにか大きな黒い塊たちが、いくつも縦に連なるようにして、天に向かって伸びているようであった。

そこから上は、もはや犬には逆光で見えなかったし、また、見えたとしても、犬にはおそらく理解しえないものであったが、上空から見ると、その棒から上に伸びる文字群は、「センス・オブ・ワンダー」と読めた。

上演履歴

■「曲がれ！　スプーン」※「冬のユリゲラー」改題

〈ヨーロッパ企画第7回公演　サイキックシチュエーションコメディ「冬のユリゲラー」〉
二〇〇〇年十二月十五日〜十七日　同志社大学新町別館小ホール（京都）
作・演出：上田誠
出演：石田剛太、酒井善史、諏訪雅、瀬戸中基良、玉田晋平、中川晴樹、永野宗典、本多力、松田暢子

〈ヨーロッパ企画第10回公演　サイキックシチュエーションコメディ「冬のユリゲラー2002」〉
二〇〇二年二月十五日〜十七日　天王洲アイル・スフィアメックス（東京）

二〇〇二年三月八日～十三日　京都大学吉田寮食堂ホール（京都）
作・演出：上田誠
出演：石田剛太、酒井善史、諏訪雅、瀬戸中基良、玉田晋平、中川晴樹、永野宗典、本多力、松田暢子

〈ヨーロッパ企画～バック・トゥ・2000シリーズ～第23回公演「冬のユリゲラー」〉
二〇〇七年四月十五日～二十二日　インディペンデントシアター2nd（大阪）
二〇〇七年五月五日～十五日　ザ・スズナリ（東京）
作・演出：上田誠
出演：諏訪雅、土佐和成、中川晴樹、本多力、山脇唯／人羅真樹／首藤慎二／岡嶋秀昭

〈ヨーロッパ企画第28回公演「曲がれ！　スプーン」〉
二〇〇九年十二月六日　栗東芸術文化会館さきら中ホール（滋賀）※プレビュー公演
二〇〇九年十二月十日～十二月二十二日　紀伊國屋ホール（東京）
二〇一〇年一月三十日　いわき芸術文化交流館アリオス小劇場（福島）
二〇一〇年二月五日～二月七日　京都府立文化芸術会館（京都）
二〇一〇年二月十一日　アステールプラザ大ホール（広島）

二〇一〇年二月十三日〜二月十五日　イムズホール（福岡）
二〇一〇年二月十九日〜二月二十一日　テレピアホール（名古屋）
二〇一〇年二月二十六日〜三月七日　ＡＢＣホール（大阪）
作・演出：上田誠
出演：石田剛太、酒井善史、角田貴志、諏訪雅、土佐和成、中川晴樹、永野宗典、西村直子、本多力、山脇唯

■「サマータイムマシン・ブルース」
〈ヨーロッパ企画第8回公演　青春空想科学グラフティ「サマータイムマシン・ブルース」〉
二〇〇一年八月二十三日〜二十七日　アートコンプレックス１９２８（京都）
作・演出：上田誠
出演：石田剛太、酒井善史、清水智子、諏訪雅、瀬戸中基良、玉田晋平、中川晴樹、永野宗典、本多力、松田暢子
〈ヨーロッパ企画第13回公演「サマータイムマシン・ブルース２００３」〉
二〇〇三年八月十二日〜十三日 近鉄小劇場（大阪）

二〇〇三年八月二十九日〜九月一日　駅前劇場（東京）
作・演出：上田誠
出演：石田剛太、酒井善史、清水智子、諏訪雅、瀬戸中基良、玉田晋平、中川晴樹、永野宗典、本多力、松岡可奈子

〈ヨーロッパ企画〜夏の陣〜第18回公演「サマータイムマシン・ブルース2005」〉
二〇〇五年七月十一日　同志社大学寒梅館ハーディホール（京都）※同志社高等学校鑑賞会
二〇〇五年八月六日〜十一日　アートコンプレックス1928（京都）
二〇〇五年八月十七日〜二十三日　駅前劇場（東京）
二〇〇五年九月二日〜五日　インディペンデントシアター2nd（大阪）
二〇〇五年九月十日〜十一日　ターミナルプラザことにPATOS（札幌）
二〇〇五年九月二十二日　京都府立鴨沂高校講堂（京都）※鴨沂高校定時制鑑賞会
二〇〇五年九月二十八日〜二十九日　イムズホール（福岡）
作・演出：上田誠
出演：石田剛太、酒井善史、諏訪雅、中川晴樹、永野宗典、本多力、土佐和成、角田貴志、清水智子、西村直子

あとがき

ありがたいことに初めての戯曲本です。しかも《ハヤカワSFシリーズ　Jコレクション》というのが嬉しいです。本人としてはこれまでずっとSFのつもりで書いてきたので、答案に丸をもらったような気分です。

「曲がれ！　スプーン」も「サマータイムマシン・ブルース」も、もともとは九年ほど前に、自分のところの劇団にあてて書いたもので、それが再演を重ねているうちに、映画化の機会を得たりしつつ、今回こうして、戯曲本としてお目見えすることになりました。これまで再演するときは、そのつど、時流や役者や気分に合わせて、改訂しつつ上演していたのですが、今回はそれらを、二〇〇九年現在の気分で、ハイブリッドっぽくまとめました。ので、戯曲としては一応これが「定本」かな、と思っておりますが、もしかしてまた再演する機会があったら、そのときはきっとまた改訂するのだろうな、という予感もありますし、そもそも、書かれているセリフ自体が、自分のところの劇団員を当てこんだものなので、その役者のしゃべり方やくせが、いかんともしがたく織り込まれてしまっています。などなど、上演の都合にひっぱられてしまいがちな僕の戯曲ですが、それでも目いっぱい「定本」を目指して手を入れましたので、そう思って読んでいただけると幸いです。

「曲がれ！ スプーン」は、もともとは「冬のユリゲラー」というタイトルで、二〇〇〇年の初演を皮切りに、過去三回ほど上演しています。さらにその前の構想段階では、「あの娘にサイコキネシス」というタイトルでした。その時点では、喫茶店という設定はまだなく、「超能力番組の楽屋で、否定派たちが、どんどん超能力に目覚めてしまう」というプロットでした。なんにせよ、超能力を俎上にあげたかったんですね。その背景には、当時劇団で制作をやっていた諏訪という男が、まだタイトルもなんにも決まってない段階で、仮チラシに「次の公演は、宙吊りだ！」みたいなことを書いてしまい、それに合わせて、とにかく人を浮かせる必要があった、みたいな事情もあったかと思います。ともあれ、超能力モノをやると決めたものの、いざ書き進めてみると、その「楽屋案」が思いのほか弾まず、悩んだあげく思いついたのが、今の「超能力者の集まる喫茶店」という設定でした。ちなみにそのきっかけとなったのは、ウチの実家の近所の喫茶店なのですが、そこが昔から、外から見るとけっこう暗いお店で、子供のころ「あの店の中でなにが行われてるんだろう」みたいに妄想をたくましくしていて、うっかりそのまま大学生になってしまい、この芝居の筋を考えているときに、その店の前を通って、ハタと思いついたのでした。今ではそのお店で日々、台本を書いています。成長したものだなあ、と思います。とまあ、そんな経緯でできた「冬のユリゲラー」を、二〇〇九年の映画化をきっかけに、また少し改良したのが、この「曲がれ！　スプーン」です。これを書いている今現在は、まだ稽古に入ってませんが、この戯曲をもとに稽古をして、本番がしばらくあとに始まります。稽古に使う台本として、この本のゲラを稽古場でみんなに配れるのが楽しみです。いつもは寂しい横書きのプリントアウトなのです。

「サマータイムマシン・ブルース」は、二〇〇〇年冬、その「冬のユリゲラー」を書いているときに、しんどくなって、「夏っぽい芝居を書きたいな、青春モノとか」みたいな感じで、逃避がてら得たイメージがおぼろげにあり、それとは別に、「タイムマシンモノを、いつか舞台でやれたらいいな」という、ふんわりした構想をかねてより持っていたのが、たまたま「サマータイムマシン・ブルース」というタイトルをふと思いついたことで、一気にバババッと結びついたのでした。正直、タイトルにかなり助けられてできた作品です。タイトルがいちばんよく出来てるんじゃないかと思います。これも最初は、「部室でタイムマシンを作るSF研究会」という、今とは違う設定だったのですが、のちのち「過去の自分と未来の自分が、ドリフ的に早着替えしつつ追いかけあう」という趣向を思いつくにいたり、だったら、タイムマシンを「作る」よりも、「使う」ほうに、主眼を置いたほうがいいんじゃないか、と思い直し、今のような設定になりました。今から考えると、タイムマシンを作る芝居なんて、多分書けなかったと思うので、危ないところだったな、と思います。これもその後、何度か再演を重ね、そのたびに、年数もリアルタイムと同じに修正していたのですが、そんな事情によって今回の戯曲では、現在の年数を「二〇〇九年」としています。未来からやってきたタイムマシン、という設定なのですが、考えてみると「二〇〇九年」という数字もずいぶん未来っぽいので、どんどんそのあたりのメリハリが薄らいでいくんじゃないか、と危惧しています。ちなみに学校周辺のイメージは、これまた自分が通っていた山奥のキャンパスを基にしています。当時演劇サークルでしたが、部室はまさしくあんな感じでした。

小説はまあ、おまけというか付録になればと思い、書かせてもらいました。セリフとト書きを通してシーンを描いていく戯曲と違って、小説って直接話法っぽいので、どうしても照れくさくて難しいです。「曲がれ〜」「サマー〜」の二作に共通するものをさらってみると、リモコンと犬とドラえもんとコーラだったので、まあ、犬を選びました。

芝居でSFをやるにはなにかと制約があり、小説やら映画に比べると、芝居は「生身」であるぶん、宇宙遊泳もできなければ、レーザービームをピキュンと撃ったりするのも厳しかったりします。が、その辺のやりくりが面白くもあり、また、そうした「生身」の制約をうける芝居ならではの、いいとこ現実から半歩ふみでた、日常と地続きのファンタジー、みたいなところを狙えたらいいな、と考えています。

「曲がれ！　スプーン」二〇〇〇年十二月初演（「冬のユリゲラー」を改題）
「サマータイムマシン・ブルース」二〇〇一年八月初演
「犬も歩けば」書き下ろし

本書収録作品の無断上演を禁じます。上演ご希望の場合は、左記までお問い合わせください。
〒604-8382
京都府京都市中京区西ノ京北聖町38
株式会社オポス
FAX：075-822-3345

ハヤカワSF シリーズ　Jコレクション

曲《ま》がれ！　スプーン

2009年10月20日　初版印刷
2009年10月25日　初版発行

著　者　上田　誠《うえだまこと》
発行者　早川　浩
発行所　株式会社　早川書房
郵便番号　101 - 0046
東京都千代田区神田多町2 - 2
電話　03 - 3252 - 3111（大代表）
振替　00160 - 3 - 47799
http://www.hayakawa-online.co.jp
印刷所　株式会社亨有堂印刷所
製本所　大口製本印刷株式会社
定価はカバーに表示してあります

Printed and bound in Japan
ISBN978-4-15-209077-5　C0093
乱丁・落丁本は小社制作部宛お送り下さい。
送料小社負担にてお取りかえいたします。